U0477361

王桦◎著

四川民族出版社

图书在版编目（CIP）数据

燥 / 王桦著 . -- 成都 ： 四川民族出版社， 2020.11

ISBN 978-7-5409-9386-3

Ⅰ . ①燥… Ⅱ . ①王… Ⅲ . ①长篇小说－中国－当代 Ⅳ . ① I247.5

中国版本图书馆 CIP 数据核字（2020）第 214634 号

ZAO

燥

王　桦　著

出 版 人　泽仁扎西
责任编辑　央　金
责任印制　谢孟豪
出版发行　四川党建期刊集团　四川民族出版社
地　　址　四川省成都市青羊区敬业路108号
邮　　编　610091
照　　排　四川悟阅文化传播有限公司
印　　刷　成都市兴雅致印务有限责任公司
成品尺寸　145mm×210mm
印　　张　8
字　　数　200千
版　　次　2020年11月第1版
印　　次　2020年11月第1次印刷
书　　号　ISBN 978-7-5409-9386-3
定　　价　49.80元

目 录

CONTENTS

第一章　有娘的地方才是家

清明时节雨纷纷，路上行人欲断魂。临近清明节这几天，路上行人是否断魂已经看不到了。深圳的街头放眼看去，车水马龙，车里的人，表情是否哀怨凄婉，是否对逝去的先人有缅怀之心，也已经看不到了。人行道上，行人大多匆匆忙忙，为生计奔波，为名利奔波。活在当下，“压力山大”这个词，遍布大街小巷。即便是在飘着微雨的时节，也没能把密布的匆忙洗刷掉？

此时朱梦来就站在深圳街头，打着伞站在街头拐角处默默注视着来往匆匆的行人、车辆，或许，他是匆忙人群中的另类？老朱姓朱，名字就叫朱梦来，虽然叫老朱，其实他并不算老，四十五岁出头年纪，西装革履，手提公文包，戴着一副金丝眼镜。老朱的穿着打扮，让人一眼就能看出来，基本可以算作当今社会成功人士的标配。但老朱骨子里面是一个“文化人”，不能算是人们普遍认知中的成功人士。他从小崇尚文学，虽然大学学的是经济管理，却一直笔耕不辍，出版了四部长篇小说。有人问过他为什么不专业写作，他回答道，一是写作本来就不是个职业，靠写作养家糊口简直胡扯，二是你不能离开社会太远，必须融入社会建设的潮流中，才有可能写出好的文学作品来。况且深圳是经济阵地，文化人在这里不大被人认可，不对，是大家没有时间、没有精力搭理。现实中朱梦来的正当职业与“文化人”三个字不算太沾边，他在位于深圳松岗的一家大型台资家具公司做管理部专员，属于高级职员。

应景的是，此时站在繁华热闹都市的街头，朱梦来有些茫然，有些无所适从，因为在刚才，他从这家别人都向往的大型家具公司辞职出来了。辞职的原因很简单，公司董事上层发生重大人事变故，董事长破产了，把股权卖了。朱梦来可以选择留下来，代价是要降薪降职，而且要面对从马来西亚调过来的新总经理。朱梦来见了一面新总经理就决定不做了。根本上讲也不是就干不下去，是他这个“文人”特质起了作用，骨子里的寒梅傲气，让他直接选择了辞职。

朱梦来一个人在深圳打拼，他的妻子八年前生病。查出来喉癌晚期，不到三个月就去世了。扔下一个女儿，朱茵茵，当时 15 岁，现在已经二十三岁了，出落得花容月貌，已从南昌大学毕业，目前在江西饶州老家，跟着奶奶一起生活。

清明节，是个落叶归根的节日，朱梦来站在十字街头，心情有些惆怅，不是因为生计，不是因为名利，他只是在这个令人伤感的季节，单纯地想家了。

电话铃声响起，看眼手机上面来电显示的名字，朱梦来皱起的眉头，略微舒展了几分，是同城老乡曹正春打过来的。

曹正春与朱梦来是同行，都是做家具的，两人是在深圳市饶州商会的聚会上认识的。曹正春，他的事业确实如同他的名字一样，春风得意，如今是深圳市美华年轮家具有限公司的总经理，事业干得风生水起。两人在同城聚会酒会上一见如故，对于朱梦来在家具行业方面的才能，曹正春非常欣赏，曾数次或明或暗地跟朱梦来提起过，想让他过来帮忙，但都被朱梦来婉拒了。

虽然干着家具制造这个传统行业，但朱梦来骨子里面是文化人，他向往文化人的交友理念，朋友之交淡如水，一旦牵扯到金钱利益关系，总会在不知不觉的时候，给这份纯洁的友谊添加刻画一些杂质，这是朱梦来不愿意看到的。

“朱总，我这边都安排好了，你那边时间有问题吗？”曹正春讲话的声音很大。他的声音，完美地折射出了他的性格，直爽大气，做起事情雷厉风行。

“我这边也没有什么问题，”几天前他们电话约好要一同回老家，朱梦来说，“随时可以走，你那里几个人？这几天我都不忙，要不我先订票？”

“不用你操心票的事儿，我已经安排人去买好了，那就先这样吧，明天早上八点，我们在宝安机场航站楼 5 号门集合。一共三个人，除了我们两个，还有一个老邓，上次一起喝过酒的。”曹正春兴冲冲地拿定了主意，又问道：“朱梦来，我听说你在那边干得有点不顺心了？”

“是的，没错，刚把辞职手续办理完。”朱梦来没打算隐瞒这件事儿，在他看来，干着不顺心走人，并不算一件丢人的事情。

曹正春听了很高兴，大声笑着说：“好，好，这个消息简直太好了！这下你没什么顾虑了吧？帮谁不是帮，你在这方面这么有才华，去了其他地方，我可是要生气的，毕竟肥水不流外人田嘛。”

之前曹正春几次要朱梦来辞职出来帮他，老朱一直说台资公司不好辞工。这次朱梦来已经辞工了也没有答应，但也没有拒绝，而是模棱两可地说了一句：“这件事儿不着急，见面再说吧。”

曹正春说：“好，好。”挂了电话。朱梦来在街头又撑着伞独自伫立了一会儿，他的心里有些期待有些紧张。

他和妻子是小学同学，感情一直非常好。一起走过十几年的原始积累阶段，风风雨雨的。妻子的病逝，对朱梦来打击非常大。把老家事业单位的工作辞了，女儿留给母亲照看，自己只身来深圳打拼。这一晃，八年过去了。八年来，妻子的音容笑貌时常在他脑海浮现。朱梦来有着文化人特有的惆怅和钟情，虽然这件事儿已经过去了八年，他却感觉自己一直没有走出来。八年里，每逢过年过节的时候，朱梦来都会自己弄上一大桌子酒菜，摆上四副碗筷和杯具，然后都把空酒杯斟满，把自己喝个烂醉。

去年女儿大学毕业后，专程跑到深圳找他，父女俩说了很多话。朱茵茵多次提到了家里高龄的老母亲，说老母亲总是戴着老花镜，拄着拐杖，一个人站在街口眺望。朱梦来听着女儿的讲述，脑子里出现这一幕让人潸然泪下的景象。八年里，老朱回去过几次，今天他又泛起了回家看看的强烈念头，看看老母亲，看看家乡，顺便趁着这个阴阳相接的节日，跟已经过世八年的妻子，聊聊心里话。脑子里想着一幕幕事情，看着行人匆匆，朱梦来心头突然泛起一股愁绪，开口吟了一句：“鸿雁在云鱼在水，惆怅此情难寄。”罢了，转身向自己的住所走去。

第二天早晨八点，朱梦来准时来到深圳机场，他来得也刚刚好，航站楼 5 号门曹正春与老邓也准时赶了过来。

曹正春相貌堂堂，身材保持得很好，浑身上下洋溢着成熟自信的气息。看见朱梦来，还隔着六七米距离，曹正春大笑着张开双臂，朱梦来也迎了上去，与曹正春、老邓分别拥抱了一下。

曹正春用力拍着朱梦来的肩膀，笑着再次向朱梦来提出了邀请："从老家回来后，你就直接过来我这边吧，先别拒绝啊，反正你总归要找工作的。"

朱梦来略微有些心动，但还是没有马上答应，朱梦来有自己的执着，他还在坚持着自己身为文化人的底线。

江西饶州是一座市级城市，单说起这座城市，人们或许有些陌生，但如果说起"饶州酒"三个字，相信大家一定会非常熟悉。没错，饶州正是"饶州酒"的故乡，是国家历史文化名城，著名的"鱼米之乡"。

飞机盘旋在家乡的上空，朱梦来忍不住微微眯起了眼睛，他张大嘴巴用力呼吸着。虽然隔着封闭的机身，但阔别家乡的朱梦来，仿佛闻到了一股家乡特有的芬芳气息。

他的心里突然有些惶恐，有些不知所措，家乡啊，我回来了。

想到已经过世的妻子，想着孤独年迈的老母亲，已经跨入中年的朱梦来，心绪复杂得像个孩子，他忐忑，他愧疚，他怀念。

70分钟，他们已经到了瓷都机场，刚下飞机，朱梦来打开手机，还没来得及看未接电话，电话铃声就响了起来。

看着手机，朱梦来脸上露出久违的笑容，接起电话，女儿朱茵茵调皮活泼的声音传了过来："恭迎父皇大人回归，不知父皇大人此时身在何方，女儿接驾心切，奈何不知具体方位，内心甚是惶恐。"

"又调皮了！我和你曹叔叔、邓叔叔刚下飞机，你到机场了吗？奶奶身体最近怎么样？你没告诉她爸爸回来了吧？"除了心里时常牵挂高龄老母亲之外，唯一的女儿也是朱梦来的心头肉，父女俩感情非常好，听着女儿故作姿态的腔调，朱梦来心里生起阵阵满足，隐藏在心底深处的惆怅跟胆怯，稍微减少了一些。

“哈！已经下飞机了吗？看来我赶得刚刚好呀，还没跟奶奶说，我们不是商量好要给她老人家一个大惊喜吗。”女儿兴奋地说。

“嗯，你在哪个方向呢？我这就过去。”

“东面出口，出来就能看到我。”老朱告诉女儿。

跟女儿聊了几句，挂断电话后，朱梦来笑着跟曹正春、老邓道：“你们有人过来接机吗？要不我让我女儿送你们一程？”

老邓摇摇头笑着看向身边的曹正春，曹正春则再次拍了拍朱梦来的肩膀，笑道：“不打扰你们父女相聚了，中午等电话，我安排了宴席，都是一些老朋友，介绍给你认识。”

朱梦来不好直接拒绝，但也没有马上答应曹正春的邀请。他有一年多没回家了，想中午回去跟老母亲一起吃上一顿饭，曹正春提前做了安排，朱梦来也不好驳他面子，只是道：“再说吧。”

曹正春看出朱梦来脸上的难色，没有勉强他。分别后，看到大半年没见的女儿，出落得更加亭亭玉立，更像年轻时候的妻子了，朱梦来心情有些激动。常年身在他乡，与家人的相聚，自然成为一种奢望，和女儿来了一个标准的父女式拥抱，朱茵茵坐上了驾驶位，开心地挥舞着拳头，像个大将军般，颇有气势地说：“出发！”

朱茵茵拿驾照才半年多，驾驶技术却不错，车子开得不紧不急。从小受父亲熏陶，她身上也有股恬静的气质，她像个导游一样，给父亲介绍家乡近年来发生的变化。

“爸，您还记得这里吗？”朱茵茵突然伸手指着一片高楼大厦问朱梦来。

朱梦来笑着点点头，他怎么会不记得呢？

那是十六七年前的时候吧？那时候饶州远没有现在这么大，市里只有两条主街，高楼大厦还属于稀罕产物。

像现在飞机场的位置，在那时候都是一座座村落，城市根本没有扩张到那里。那时候的饶州市，其实用饶州镇来形容更为恰当。浓郁的文化气息赋予这座千年古镇特有的气质和底蕴。

女儿朱茵茵指着的那座高楼大厦，是去年才完工的。十几年前，这一片都是成排成列的平房，父女俩之所以对这里记忆深刻，是因为这个已经被高楼大厦占据的地方，是由一座小学改建而成的。那是他的母校，也是女儿的母校，那时候朱梦来的父亲还健在，母亲也远没有现在老迈，他的妻子风华正茂，女儿还只是个顽皮的小天使。

“那真是一段让人开心的记忆啊，时间走得真快，世界变化得也真快，变化太大了，真的太大了……”朱梦来怔怔失神地注视着这片区域，虽然他离开这座城市时间不长，但巨大的变化，让朱梦来的精神有些恍惚，他心里生起一股错觉，仿佛离开了十年、三十年之久，如今岁月相隔，童年的许多记忆，已经彻底化作了镜中水月，令人神伤。

朱茵茵不断地给父亲介绍着城市的新近变化，她指着一片区域，说：“高门，饶州酒厂原址，现在已经成了博物纪念馆一样的存在。”

“是啊，当年你爷爷就是饶州酒厂的一名老员工，一干就是一辈子。”朱梦来说。

车子驶进了熟悉的街头，远远的，朱梦来看到了一个熟悉而又陌生的老迈身影，这是一个风烛残年的老人。她单凭自己的力量，已经站不稳当了，把半边身子交给了右手的龙头拐杖，老人像一幅画，又像一个雕塑，正老眼昏花地注视着他们这个方向。

朱梦来顿时泪如雨下，那是他年迈的老母亲啊！有娘的地方才是家啊！这一句相传已久的老话，在他自己成家立业之后，在他自己经历社会雕琢之后，不知不觉变味儿了，娘，这个融入人血液的字，这个给人温暖，给人坚强，给人信念的形象，随着时间的推移，已经变了。变得不再是有娘便是家了，而随着娘的年龄逐渐老迈，随着她逐渐老眼昏花，随着她做的饭菜逐渐多盐少醋，娘在家中的地位，已经开始无限削弱了。

“茵茵，把车子先停下吧，爸爸想自己走过去。”朱梦来抹了把眼泪，深深吸了口气，他想找回一种状态，一种久违的状态。小时候放学归来的路上，迫切盼望母亲做好的可口饭菜。如今母亲年迈了，但她心底割舍不下儿子，明知道这样眺望只是一种念想，但还是每天固定地做着这套眺望程序。

车子在距离老母亲五十米左右的地方靠边停了下来，朱梦来注视着老母亲伫立的方向，老母亲也看着朱梦来走过来的方向。不同的是，朱梦来还能真真切切看清楚年迈老母亲的容颜，而老母亲呢？她像一个无助的孩子，看似注视着这边，但双眼却没有焦点。老眼昏花的母亲，已经很难在车水马龙中，第一时间捕捉到儿子的身影了。

第二章　不醉不归

短短五十米的距离，朱梦来走得很慢，仿佛在跨越着千山万水，老母亲的音容笑貌，在他眼里越来越清晰。看着母亲脸上，一道又一道被岁月侵蚀的痕迹，朱梦来心里突然非常难受，那个记忆中严厉的母亲，那个记忆中精干持家的母亲，那个仿佛永远像台机器，不停运转的母亲，她怎么突然一下，老成了这样？！

千金难买寸光阴，有些东西，等你发现它随着时间的推移而逐渐消逝的时候，再想挽回，已经是不可能的事情了。

“娘！”距离老母亲还有十多米的距离，朱梦来声音哽咽地叫了老母亲一声。

“哎，我家来子回来了……”老母亲颤颤巍巍地哭着，用一双干枯的手紧紧抓住朱梦来，握得很紧。

朱梦来搀扶着老母亲，母子俩依偎在一起的画面，透露出一股亲情和岁月相互交织的温馨气息。

回到家里，老母亲要亲自给朱梦来做一顿饭，“小时候家里穷啊，吃不起肉，你那个时候馋得呀，现在能吃起肉了，你又要去外面闯事业，”母亲有点语无伦次了，“茵茵，你去买鱼，要那种野生的黄骨鱼，色泽黄鲜亮丽的，你爸爸特别喜欢吃的。还有，这冰箱里冷冻的肉不新鲜，没嚼头，茵茵，你路上回来的时候，再去超市割上几斤新鲜肉，记着六分肥四分精，你爸这人呀，小时候没吃上啥好东西，就好吃这口。”老母亲碎碎叨叨说着，一个手颤颤巍巍地拄着拐杖，空出另一个手又抹起了泪花儿。

朱茵茵眼圈也红了，她笑得很开心，挽起朱梦来的胳膊，故意撒着娇，笑着说：“爸，奶奶平时对我可没这么精细呢，人家的老人都是隔代亲，到了我们家就不一样了，依我看，奶奶还是更亲您一些。”

“这孩子净说瞎话！”老母亲虽然上了岁数，身子骨倒是很硬朗，眼睛昏花了，耳朵还很灵敏，看着朱茵茵说：“我家茵茵现在成大姑娘了，懂事儿了。”

茵茵看着奶奶，脸上带着年轻人特有的朝气，甜甜嬉笑着，答应一声，刚要出门，朱梦来的手机铃声响了起来。

朱梦来掏出手机，看到是曹正春打过来的电话，心里就怕是叫他吃饭的，刚刚他们在机场分别的时候，跟他曹正春说得很清楚，要回家看望老母亲。他想在家里跟老母亲吃上一顿饭。

“儿啊，是不是有事儿？正经事要紧，赶紧先接电话，可不能让人家等急了。”朱梦来没有跟老母亲说他已经辞职的事儿，说了只能让已经年迈的老母亲跟着瞎操心，现在朱梦来已经人到中年，早不是当年什么事儿都找娘的毛头小伙子了。

“嗯，娘，茵茵，你们先坐着，我进里屋接个电话。”朱梦来说着，边向卧室走去，边接起了电话，“曹正春，你回去了吗？怎么想起这个时候给我打电话呢？没什么事儿吧？”

“有事儿，怎能没事儿呢？朱梦来，你现在没吃饭吧？”曹正春的声音听起来很急迫，似乎遇到了什么急事儿，听起来急匆匆的。

朱梦来不知道曹正春那头卖什么关子，说：“还没有吃，我女儿正准备出去买肉买菜，听我那老母亲的意思，看来她老人家想亲自给我下厨做饭呢。”

“嗯，这可真是让人羡慕的事情，子欲养而亲不待，朱梦来，你比我强，至少老母亲还建在，我倒是想吃老娘给我亲自做的一顿饭呢，简直做梦都想，可惜，也就是只能在梦里想想了。你先别让她们做饭了，这样吧，你把你娘和你女儿接上。直接来西贝阳光海岸美食村吧，今天有人在这儿安排了饭局，本来那个人只是我的一个生意上的朋友，我没打算叫你的，可人家认识你啊，又知道了我跟你的关系，点名要见你，你可一定要救救场啊兄弟。”

曹正春话语里露出了强烈的哀求语气，很显然，他应该在生意上与那个所谓的朋友有着非常亲密的往来，现在又意外搭上了朱梦来这层关系，他是无论如何都不会放过了。

听了曹正春的话，朱梦来在电话这一头，脸上露出为难的表情。他知道老母亲的性格，如果不是家人一起的话，老母亲肯定会担心坏了他生意上的事儿，不会跟过去给他添乱的，但是若不去的话，在曹正春这一头，他又有些不好交代。

“曹正春，这个……你说的那个人是谁啊？我这边实在是有些不方便离开，你也知道，我的老母亲上了岁数，她肯定不会跟我出去搅和的。”

“这个人是谁，我还真不能告诉你，人家可是特意交代我了，要当面给你一个大惊喜呢，反正跟你的关系非常特殊就对了。”曹正春的话语里透露出一股神秘的味道。他倒是非常理解朱梦来，知道朱梦来的顾虑所在，想了想，又给朱梦来出主意，问朱梦来：“老太太和我那个小侄女喜欢吃什么？干脆这样吧，你也别纠结了，我直接叫厨房做好她们爱吃的饭菜，让人给她们送到家去，这样你总会出来了吧？”

朱梦来心里想着，我又不是因为一顿饭才为难，我心里更在意的，其实是一家人温馨地坐在一张桌子，其乐融融吃饭的场面。但是曹正春都已经把话说到这个份儿上了，朱梦来也不好再多说什么了，心里想着，反正他应该会在家里住好几天，总会有机会跟老母亲一起吃上一顿团圆饭的。

这么想着，朱梦来也就不再纠结了，他像在安慰自己似的，轻轻点了点头，对着电话那头的曹正春说：“行，那就这样说定了，但是饭菜你们就不用准备了，我女儿烧得一手好菜，她才能对上了我母亲的口味，一般人还真来不了。”

曹正春听朱梦来终于松口答应下来，在电话那头高兴得大笑了几声，说：“朱梦来，你可真不愧是我的好兄弟，你的这份情，我曹正春这辈子都记下了。”

两人在电话里又闲聊了几句，曹正春跟朱梦来确定了地址，说一会儿派人过来接他。订好这件事儿后，曹正春喜滋滋地挂断了电话。

“娘，一会儿有朋友过来接我，这顿饭，我估计吃不上了。”朱梦来看着脸上布满皱纹和老态的老母亲，心里惭愧极了，就像小时候干了什么调皮事儿，担心受到母亲惩罚一样。说完这句话，朱梦来低着头不敢看老母亲。

“嗯，正事儿要紧，娘这里不碍事儿的，反正现在也上了岁数，吃不了荤腥，待会儿让茵茵给娘做点清淡的饭菜，简单对付一口就行了，你要出门就把心放在肚子里，不要担心娘。”老母亲听了朱梦来的话，略微沉默了一下，老脸上挤出了慈和的笑容，变着花儿地支持朱梦来，不愿让儿子因为牵挂自己，耽误了正事儿。

朱梦来心里更难受了，就像做了什么不可饶恕的罪恶事情似的。

“爸——”朱茵茵表情不满地叫了朱梦来一声，噘起嘴巴瞪着朱梦来，音调拉得很长很长，用这样的方法，宣泄她心里的不开心。

朱梦来应了一声，一家三口坐在沙发上，气氛却没有刚才那么热闹了，就像平白笼罩上了什么阴霾一样，心里有些不舒服。

这样的气氛，在专程过来接朱梦来的司机到了的时候终于被打破了。老母亲拄着拐杖，亲自把儿子送上了车，然后就站在那里，像一个恒久的雕塑一样，直勾勾盯着汽车开走的方向。

“奶奶，走吧，我们先回去吧，您想吃什么？我给您做吧。”茵茵这个时候的心情也很复杂，她也紧紧地看着逐渐开远的汽车，眼圈又红了，紧紧抓着奶奶的肩膀，心里好像堵了一块大石头，压得她有些喘不过气来。

“囡子，奶奶还不饿，再看看，再看看我们就回去。”老太太拄着拐杖，执着地站在街口，淡银色的发丝，在微风中，不听话的左右飘荡着……

朱梦来一直通过后视镜看着老母亲站在街口眺望，这仿佛电影画面一般的场景，把朱梦来的心，深深地刺痛了。

来到西贝阳光海岸餐厅，进了包间，看到曹正春说的那位非要见他的神秘客人，朱梦来哈哈大笑起来。这个一副成功人士派头的人，是朱梦来从小学一直到高中毕业加上复读的同学——毛明生，丰神俊朗。如今是饶州房地产界鼎鼎大名的大佬，桃花源纪的大老板。毛明生也畅怀大笑着张开双臂，用力给了朱梦来一个拥抱，搂着朱梦来的肩膀，让他坐在身边，笑着跟曹正春讲述着："朱梦来当年是我们班里的人才，在很长一段时间，在我心里，一直是那种神仙一样的人物啊。"

"哦？你们是同学？具体怎么回事儿？"曹正春来了兴趣，他可没想到，毛明生竟然对朱梦来有着这么高的评价。

毛明生微笑着端起酒杯，跟朱梦来、曹正春以及桌子上其他陪同人员示意了下，他今天见到二十多年不见的朱梦来，心情高兴，直接一口干了，满足地打个酒嗝，这才给众人讲述起朱梦来当时的光辉事迹。

朱梦来一听毛明生开口，当即知道他要讲述的故事是哪一段了。这还是他们高中读补习班的时候，朱梦来跟毛明生第一年高考都没有考上，在饶州高中补习。一次语文课上，老师问有个成语描述人的心情平静，是什么来着？

在所有同学都没有反应的时候，朱梦来脱口而出：心如止水！

就这么一件小事儿，被毛明生惦记了一辈子。后来毛明生的感叹是："当时你脱口说出那个成语后，你知道我心里对你多佩服吗？感觉你就是神仙一样的人物啊……"

"有这么神吗？"老朱说道。其实他心里有一些同毛明生有关的信息不愿意再说出来。当年，朱梦来的爱人和他们都是一个班的，毛明生强烈追求她，而她就是对老朱一往情深，弄得毛明生死去活来的。

“那可不。”毛明生拉着老朱就要干。

“当年，”朱梦来指着毛明生告诉曹正春，“我们都叫他主席，这么多年他真的成了董事会主席了。”

曹正春听了他们的故事，鼓掌大笑着说：“妙人，毛兄和王兄都是妙人，就冲着这一点，今天我们不醉不归。”

第三章　接受邀请

西贝阳光海岸的这顿饭吃得宾主尽欢，真的如同曹正春在开场前说的那样，不醉不归。在毛明生和曹正春热情的招呼下，朱梦来着实喝了不少，他对那种开怀畅饮的场景，一向没有什么抵抗力。

席间，朱梦来成了隐形的主角。同时，朱梦来在现场，给曹正春和毛明生牵线搭桥，也谈妥了一系列曹正春非常看重的合作。这让曹正春对于拉拢朱梦来的心思，更加浓郁了几分。

之后的四五天时间，陪老母亲在家好好吃上一顿饭的心愿，成了朱梦来无法跨越的一道心坎。第二天先给父亲、爷爷奶奶等长辈扫完墓，又带着朱茵茵去妻子坟前祭祀，按原来的计划一定要回家吃上一顿饭。但是毛明生好不容易跟他联系上了，热情地拉拢了一大帮子老同学，于是，朱梦来只好改变行程，陪老母亲吃饭的心愿又落空了。

之后几天，基本上都是这样那样的饭局，都说深圳的老板回来了，不吃顿饭肯定不行。朱梦来几乎天天宿醉，就这样，四五天的时间转眼过去了，朱梦来终究还是没有在家里踏踏实实地吃过一口热乎饭。

这让女儿朱茵茵的心情很失落，看向朱梦来的目光很不满，老母亲虽然不说什么，但朱梦来也能从老母亲的眉宇当中，看出老太太心绪的怅然。当再次接到曹正春的电话，邀约他一起返回深圳，并且连飞机票都已经提前买好的时候，朱梦来看着老母亲，抱歉地要跪在地上给老母亲磕了三个重重的响头。老母亲拉住他，死活不让他跪。老朱提上包裹，再次踏上离开家乡的征程。

懂事的朱茵茵心疼地看着父亲朱梦来，张了张嘴，想说什么，最终什么也没有说出口。

朱梦来的心思也很烦乱，直到坐上飞机，他的脑海里，依旧是老母亲站在街口，遥遥眺望他的景象，这一幕根本挥之不去，把朱梦来堵得很难受。

“这几天玩好了吧？还是家乡好啊！”曹正春兴致很高，搂着朱梦来的肩膀，看得出来，这几天他过得很滋润。

和朱梦来不同，曹正春这次回家乡，可谓是衣锦还乡，没什么牵挂，这几天过得非常舒心。把各种各样的亲戚朋友一一见了个遍，大吃大喝了个够。和朱梦来相同的是，其实曹正春去年离婚后现在也是个单身狗，这次让曹正春更开心的是，经朋友介绍认识了一个二十岁出头的女大学生，浑身上下，洋溢着青春靓丽的气息。这个叫王紫涵的女孩子对曹正春非常有好感，一来二去的，两人基本确定了关系，并且约定，等女孩儿把这边工作上的事情都处理妥善之后，会去深圳找曹正春。

对于四十多岁，人到中年的成功男士来讲，这种青春小女孩，正是防止他们心态老化的最佳良药，离了婚的曹正春，再次经历爱情的滋润，整个人都精神焕发了起来，显得精神奕奕，看起来一下子又年轻了许多。

“朱梦来，不是我说你，你要文采有文采，要样貌有样貌，现在又不缺钱，趁着还有几分活力，不要虚度了光阴，瞅着合适的，赶紧再找一个吧。”曹正春使劲地拍着朱梦来的肩膀。他其实也是一眼看出朱梦来的心绪不高，想着法子调动朱梦来，希望他尽快振作起来。

朱梦来看着曹正春，勉强笑了笑，没有说话。实际上，对于曹正春的这番做派，朱梦来心里并不是太赞同。朱梦来算是个文人，对于男欢女爱这种风流韵事，更看重精神层次的交流，只有精神上到了那种水乳交融的状态，他才会从中得到满足。现在的小女孩，虽然要身材有身材，要样貌有样貌，同时身上还有他们这个年龄段的人彻底缺失的时间跟青春，但是同样的，小女孩儿们没有经历过时间的洗礼以及文化的熏陶，都显得太肤浅了，所以，找个太年轻漂亮的，应该不符合朱梦来的审美观。

“反正我跟你提前订好了，回到深圳以后，你哪也不准跑，先上我的公司里，把入职手续办了，这是首要的大事儿。”如同朱梦来对与老母亲吃上一顿饭，心有执念一般，曹正春对于邀请朱梦来，去他公司上班的想法，也几乎成了一种执念，这件事儿没办稳妥的时候，曹正春总感觉自己心里痒痒的，浑身上下，没一处自在。

“这事儿，用不着这么急吧？”朱梦来虽然心里已经有了答应曹正春邀约的想法，但他还是觉得这件事儿不太好，万一真的去了曹正春那儿，日后两人在工作上出现什么分歧的话，他担心他们两个，真的会连朋友都做不成，这不是朱梦来希望看到的。

“哪能不急？现在社会什么最重要？人才，人才最重要。在我们家具这个行业当中，你朱梦来，绝对称得上‘人才’这两个字的称谓，如果你跑到其他厂家工作，这不是成心跟我作对吗？所以，你千万不要再跟我说其他废话了，这件事儿听我的，就这么定了。以后跟我一起干，大不了我把权力都给你下放了，只要你的方案符合市场大环境要求，我绝对不会干预！”曹正春拍着胸脯给朱梦来下保证。朱梦来却敏感地捕捉到了曹正春话语里的几个敏感词，“符合市场大环境要求”“大不了下放权力”等，听着曹正春发誓一般的许诺言辞，心里并没有轻松起来。

因为按照曹正春的说辞，这些东西的界限，其实都很模糊，只要日后两人的理念稍有偏差，两人之间的矛盾纷争，几乎是可以提前预判到的。和曹正春接触了这么长时间，朱梦来自然看得出，曹正春是那种说一不二的人。这种性格的人，作为朋友交往，自然没什么问题，绝对是值得交心的铁杆朋友，但是如果作为工作上合作的伙伴，那就难说了。

虽然朱梦来的整体性格比较偏软，但他是一个有底线和原则的人，对于自己看重的东西，有时候也会超乎寻常地坚持。朱梦来心里想的东西，比曹正春更多更复杂，所以他思考再三，还是没有马上决定答应曹正春，而是施展出了他的一贯行事法宝，一个字，拖，先拖一拖再说吧。可朱梦来又不得不承认，其实在他心里，已经对于曹正春的邀请暗暗动了心思，没有马上答应曹正春的邀请，完全是心里的一些执念，在影响着他的决断罢了。

这一路上，曹正春三句话不出，准会把话题引到这个问题上来。苦口婆心劝说着朱梦来，许下种种美好的承诺，以及对于未来的幻想和憧憬，看到朱梦来脸上还是露出犹豫不决的神色，曹正春说出自己的打算。他决定为朱梦来量身定做一个职位，总经理特别助理，也叫特助，分管产品生产和销售。这个特助实际上是身兼生产总监和市场总监两个重要职务。职场中，同时掌握生产总监、市场总监这两个职位的重要性，不言而喻。朱梦来自然知道其中的分量。内心的防线，终于崩塌了。朱梦来对曹正春点了点头，答应了曹正春的邀约。

但是朱梦来有要求，这个时候，就体现出朱梦来性格当中执着的一面了。他面色严肃地看着曹正春，脸上的表情非常郑重，说："工作毕竟是工作，与交朋友有着本质的区别，让我答应去你那里也行，但是我们得事先约法三章，第一，对于我工作上的事情，你不能强权干涉，我们万事儿好商量，根据市场走向以及利益预判来说事儿，我们双方，谁也不许在工作中义气行事。"

"这个是必需的，我们美华年轮家具公司可是正规企业，一切程序都搞得很正规，这点你不用担心，现在都什么年代了，肯定不会有你担心的那种一手专断的事情发生。"曹正春从朱梦来提出的第一条当中，听出了朱梦来心里的隐忧，直接拍着胸脯给朱梦来下了保票。

朱梦来点了点头，又接着说："第二，作为特别助理，相当于兼具生产总监和市场总监工作职责，我的工作职责范畴，除了市场方面的事情之外，产品质量的把关问题上，我肯定要心里有数的，关于这点，以你的管理经验，应该不会对我做过多干涉吧？"

"哎哟朱梦来，以前怎么没发现你这么磨叽呢。大男人说话算话，你放心，待会儿回到公司后，你要求的东西，都可以加进合同里，毕竟我们的出发点都是好的嘛，一切都以公司的利益为前提，放心吧，既然我曹正春认可朱梦来你这个人，肯定会遵循用人不疑疑人不用的守则，你到了我这里，就放心地撒开膀子干吧。我是什么样的人，这么多年了，你还不了解吗？就这么说定了！”

曹正春现在心情非常好，成功地把朱梦来邀请过来帮他，心里总算是落下了一块悬着的大石头。对于未来，曹正春心里充满了美好的幻想。朱梦来的能力，他早就看在了眼里，有了朱梦来过来帮助自己，他几乎已经提前预见到了公司发展壮大的美好一幕。

飞机准点到达。作为大都市，改革开放前沿的深圳远不是饶州那样的三线城镇所能比拟的。呼吸着这里的空气，曹正春张开双臂，非常豪气地笑着：“这样的地方，才是男人应该过来拼搏的地方，在这样的地方一展抱负，才不枉此生！”

曹正春的话，朱梦来听了很赞同。敲定了具体职位之后，朱梦来心里也生起了一股豪气，重新焕发出了拼搏一场的雄心壮志。

第四章　师傅老杨

曹正春的美华年轮公司，在福田、罗湖等有几个店，分布在各大家具商场，公司却并不在深圳中心城区。公司本部在龙岗区的坪西，是早年规划出来的一片工业厂区，基本上都是家具生产及相应配套材料的厂家。

办理入职手续的时候，朱梦来在曹正春的引领下，顺道看了下公司的规模以及设施设备。美华年轮公司，在深圳的家具行业算得上中大型企业，光是厂区总部的员工，就有五百多名，再加上几个销售公司，总员工超过 1000 人。

曹正春带着朱梦来把所有的手续过了一遍。完事儿后，曹正春这才真正松了一口气，看着朱梦来笑着说："中午特意给你准备了一个欢迎午宴，人不多，基本上都是公司的领导班子成员，待会儿你们好好认识认识。你放心，今天周六，不耽误工作。"

朱梦来笑着打趣了曹正春一句："那么从现在起，我是不是该称呼你为曹总了？"

"一边儿去！"曹正春在朱梦来肩膀拍了一下，说："凭我们两个人的关系，私底下说这样的话，就有些见外了。对了，在公司转了一圈，感觉如何？有没有什么改善性的提议？”

“现在毕竟身份不一样了，有些东西，该注意的地方，还是要注意的。老曹，说句真心话，在公司溜达了一圈，我还真发现不少问题，你知道我对公司文化建设很重视。明天正式上班后，我这个新官上任三把火，第一把火，准备在这方面先烧一烧，这其中或许会遇到一些阻挠，需要你的支持啊。”

曹正春很感兴趣，用赞赏的语气说：“找你过来果然是正确的决定。公司这么多年各方面的制度，基本都有了，但时间一长，形势在变。我现在也时常感觉到，公司上下的活力最近有所减少，没有当初那种激情澎湃的新鲜感了，你的提议，或许是一个改进的契机，放心吧，在这方面，我会全力支持你的。”

朱梦来点了点头，有曹正春这句话，他就能放手大干一翻了，千里马虽好，但也需要优秀的骑手予以驾驭，现在他这匹千里马，正是需要曹正春，给他足够的空间，去施展胸中的想法和抱负，这点非常重要。

中午，加上朱梦来跟曹正春，一共十二个人，这是一个标准的十二位雅间，朱梦来和曹正春赶过来坐下的时候，发现还有一个位子空着。

曹正春环视一圈，皱起了眉头，问了身边的人一句：“老杨怎么回事儿？你们给他打电话了吗？”

“曹总，老杨什么脾气，你又不是不清楚，跟他一比，我们这几个部门领导人，好像都成了没事儿干的闲人一样，我早就通知到了，老杨这会儿估计又在加班加点呢，真是的，干事情不分个轻重缓急。我再给他打电话。”说话这个人姓侯，名叫侯作文，是销售部经理，为人看上去颇为圆滑，但他好像与那个叫老杨的有些嫌隙，言辞间，有意无意地透露出几分嘲讽。

朱梦来默不作声地看着。他在暗中打量这些人。其中六个女性，四个男性，看上去，大多数都是四五十岁，没有太多的朝气。那个叫侯作文的销售部经理说话的时候，其他人脸上大多写着事不关已高高挂起。也很显然，那个老杨，在这帮人当中，属于被排挤的一位。这倒有点意思了，十个人当中，至少有一半的人排挤一个人，究竟是被排挤的这位有问题呢，还是在这几个排挤同事的小团伙当中，有其他的故事呢？

朱梦来在公司未来的职位是总经理特别助理，主管生产、销售两大块。管理序列上，在座只有曹正春是他的上司，虽然有几个因为部门不受他直接领导，但在职位层次上，朱梦来比他们都高了一层，像刚才说话的侯作文，以后就是朱梦来的直系属下。朱梦来对于侯作文的感觉，却不是太好。朱梦来身上文人气息浓郁，骨子里有种传统的正气，对背后嚼舌根的那类人，心里着实有些看不上眼，而侯作文刚才的表现，恰恰在这方面，展露出了这个形象特点，尤其更让朱梦来心生敏感的是，这个侯作文，明显还有着拉帮结派的大问题。尽管如此，还没有正式上任的朱梦来不想发表任何意见，只是坐在那儿默默看着这些日后的下属。对于这批下属员工，他还需要一段时间来熟悉了解。这个年龄段了，不论是干工作，还是私人交际，更注重求稳，说白了，随着时间的洗礼，身上的棱角，基本上被社会打磨平了。

侯作文拿着电话从包间外走了进来，临进门又对着电话讲了一句："曹总、朱总以及其他同事都到了，就等你一个了，你快点过来。真是的，每次领导叫吃饭，就你最磨叽，做工作也不分个轻重缓急。”重重地说完，挂断了电话。看着曹正春，笑着说：“老杨刚从公司出来，已经在路上了，您看，我们先上菜，还是再等等老杨呢？”

曹正春刚想说话，记起朱梦来刚才跟他说的公司文化建设的事情，便想给朱梦来多说话的机会，竖立一下他的威信。便向朱梦来征询意见，问朱梦来：“今天你是主角，你说上菜，我们就上菜，你说等，我们就等。”说完，曹正春笑盈盈地看着朱梦来，等他发表意见。

朱梦来微笑着环视一圈，对日后这些手下班子领导成员笑着说：“既然大家伙都是同事，我们就要有最基本的凝聚力，工作相互扶持，生活相互关怀，不抛弃不放弃。这句话说起来很容易，做起来却很难，就拿今天这件小事儿来说，大多数人心里的想法，肯定都在怨怪老杨，但是这样的想法，却是在无形当中，违背了不抛弃不放弃的想法。这六个字，是我正式上任后，打算提出的公司文化建设条例之一，就拿今天这事儿做个表率，工作大家一起干，饭也要一块儿吃，我们先等等老杨吧。”

“朱总的提议非常好，但我们也不能干坐着，大家先来个等人酒，我们一起敬朱总一杯，欢迎加入我们美华年轮家具公司这个和谐友爱的大家庭。”曹正春笑着附和朱梦来，喝了一杯酒下去后，“待会儿老杨来了不能轻易放过他，我们喝一杯，必须罚他三杯，你们觉得我这个提议怎么样？”

“曹总说得对，就应该这样。”迎合声顿时四起，随着曹正春这句玩笑话，场间的气氛也跟着松弛了几分。

和领导吃饭，就是有这个弊端，众人都有些放不开，虽然是十多年的老同事了，但这个氛围走到哪都是这样，领导就是领导，员工就是员工，人虽然没有贫贱之分，但社会职务却是有着高低之别，现在整体风气就是这样，是没办法改变的事情。

也就十多分钟，那个老杨急匆匆地赶过来了。老杨老杨，看上去如同他的称谓一样，明明只是四十多岁的年龄，两鬓却有些花白了，看上去和五六十岁的小老头有得一拼。从朴实的衣着打扮，样貌神态来看，这是一个在工作当中典型的实干型人员。

看到老杨，朱梦来大吃一惊，这个老杨，他竟然认识。而且，老杨其实是朱梦来的师傅。老杨叫杨荣奎。朱梦来刚来广东的时候，同学介绍到一家台资光升家具公司，进去时，人家看老朱（那个时候还是小朱）戴副眼镜，准备安排到资材部门做仓管，老朱不愿意，心想进了这个行业就要去学这个行业的核心的东西，要求去车间。因为没有技术，进车间只能先做杂工，就是把半成品从备料车间送往机加工车间。杨荣奎就是机加工车间的主管。有一次，车间进来两台进口六排钻，说是德国来的，说明书上没有一个汉字。那天老杨正带着人在研究这个机器到底该怎么弄，朱梦来凑上去说让他看看。因为老朱发现德国进口的机器上有英文说明，他大概能看懂。老杨很高兴，让老朱赶紧看看。老朱花了一个下午时间，弄懂了六排钻的操作流程，用后来公司董事长的话说就是，“通过自己的努力，让机加工车间的加工技术从原来的三排钻直接跨进到六排钻，减少了人工、大大提高了产品质量。”老杨把老朱调到机加工车间做技术员，专门培训上机员工。那时候老杨在公司里是班组生产部的主要领导，职位算高管级别了。凭老杨在那家公司的资历和地位，至少还能再向上爬个两三层，只不过老杨的性格有些倔强，而且他不善处理人际关系，所以位子就这么不高不低的将就着。

后来朱梦来逐渐起来了，而老杨，因为不善于打理关系，终于被排挤了出去。当时，听到老杨辞职的消息后，朱梦来还黯然神伤过一段时间，对于老杨，他心里是有一份特殊感情保存着的，毕竟，跟着老杨，朱梦来是真的学到了不少东西。现在的老杨，看起来比当年更加老了几分，尤其他双鬓的花白头发，看在朱梦来眼里，分外刺眼。

“老杨，你总这样搞，也不是个事儿啊，每次都迟到，每次都让大家伙干坐着等你，理由都是加班加班再加班，我可是销售部经理，厂子里有几个单子，我心里还不比谁都清楚吗？”侯作文看到老杨走进来，用半开玩笑的语气，调侃着老杨。

老杨不太习惯这样的场合，他倒显得有些不自在了，干搓着手，嘿嘿笑了一声，说：“我那块确实忙得很，一天到晚都是事儿，见谅，大家见谅啊，小朱，你也过来这边工作了？”本来要对曹正春说话，突然看到了挨着曹正春坐着的朱梦来，脸上忍不住露出了惊讶的表情。接到通知的时候，老杨只知道这是一场欢迎新老总的午宴，怎么都没有想到，这个新总监，竟然是他徒弟朱梦来。

“师傅好！”朱梦来笑着站了起来，对老杨恭敬地鞠了一躬。师傅这个称谓，是朱梦来以前称呼老杨的时候，叫习惯了的。不得不说，老杨的性格非常特别，尤其他在工作中表现出的实干能力和那股子执着劲，这么多年来，朱梦来还没有见过第二个人。所以对于老杨，朱梦来发自内心地尊敬。

其实曹正春早就知道老杨和朱梦来的关系。他有意借朱梦来的话语一是给老朱树立威信，另一方面，他也非常欣赏杨荣奎实干精神，有意要让朱梦来同老杨强强联手，带动公司所有部门的工作势态，开创工作新的局面。

第五章　连绵大雨

“朱总竟然跟老杨认识？可以啊老杨，藏得够深的呀！”侯作文脸上的尴尬神色一闪而过，他直接笑着掩饰了。走到老杨身边，用力在老杨胸口锤了一拳，一把搂住了老杨的肩膀，热情地招呼老杨落座。笑着说：“老杨啊，不是兄弟有意要找你麻烦，刚才我们曹总可是吩咐了，晚来罚三杯，这酒你自己看怎么喝吧。”

“喝，既然是曹总吩咐的，我肯定喝。”老杨为人实在，做人不会偷奸耍滑，屁股还没坐热呢，端起酒杯，说喝就喝，直接当着众人的面儿，连着干了三杯，这才对朱梦来笑着点点头，坐了下来。

朱梦来感觉自己的眼眶有些发热，这么多年不见，老杨师傅的性格还是这样，几乎没怎么变，为人实实在在，不理会侯作文话语。

老杨师傅以前带朱梦来的时候，有人看到朱梦来跟老杨师傅走得近，背后传出了许多风凉话，说朱梦来会拍马屁攀关系。当时杨荣奎告诉他说："别人背后怎么看你，这是别人的事儿，跟你没有关系，他们的看法，最终只能代表他们自己，并不能对你起到什么决定作用。而你真正要在意的事儿，就是尽快熟悉自己的业务水平，做好自己的本职工作，提高自己，这才是能起到决定性作用的正事儿，至于风凉话之类的东西，都是小道，狗咬你一口，你犯不着追着狗咬回去这一口，没什么意义不说，还平白消耗了自己的精力，拉低了自己的档次。"

这番话，表明了老杨师傅的处事之道，他性子直爽，但看得透彻。朱梦来是个文人，本身就多愁善感，听了老杨师傅的开导，他顿时有种豁然开朗的感觉，从此以后，朱梦来对于关乎他的流言蜚语，都淡然一笑处之。

时间这一晃，就过去了二十多年。朱梦来怎么都没想到，竟然在曹正春的公司里，再次遇到了曾经的老上司，老师傅，对于他来说，这不亚于一个天大的惊喜。

朱梦来自然从侯作文等人的言谈话语间，轻易地听出了他们对老杨师傅的妒忌和重伤，而老杨师傅的应对，正如他当年对朱梦来说的那样，就当没听出来那层意思似的，他专攻自己的本职，更何况，在某种程度上来说，侯作文说的话，并不是无的放矢，老杨师傅正是因为自己的时间没有安排到位，这才导致让众人在这里坐等自己。

在老杨师傅看来，这是他的失职之处，既然侯作文代表大家伙提出了惩罚意向，老杨师傅没有二话，为自己的过错，勇于承担。

老杨师傅的这番做派，都被朱梦来看到了眼里，他感觉到，自己再一次被老杨师傅感染到了，又从他身上学了一课，单单冲着这点，朱梦来就感觉到，这顿饭，吃得值了。

额外地学到了东西，再加上意外遇到以前的老师傅，朱梦来很高兴，没去管席间暗藏的尔虞我诈，但凡有人敬酒，他都是来者不拒，显现出了那股文人特有的豪气。

欢迎午宴结束之后，在场的众人基本上都喝高了，曹正春今天心情高兴，没让大家散了，而是大手一挥，又叫人安排了新地方，众人都兴奋地响应着曹正春。

老杨没有跟着去，他今天喝了酒，自然不方便回去继续上班，老杨把自己的工作，排得很满，他是一个对于自我掌控非常严格的人，当下，老杨师傅跟朱梦来拥抱了一下，打算提前告辞回去。

侯作文对于老杨师傅的掉链子行为，自然又是一顿冷嘲热讽，说："老杨呐，你这是当着大家伙的面，不给我们曹总面子嘛。"

朱梦来在边儿上冷眼旁观，他发现，曹正春虽然明面上没有说什么，但听了侯作文说的话后，曹正春的脸色却变得有些难看了。显然，喝了些酒的曹正春，认为侯作文说的有道理，他也认为，老杨的做法，实在驳他的面子。

当下，曹正春也不说话，只是直勾勾地看着老杨师傅，等他表态。

朱梦来心里清楚，以老杨师傅的性子，他肯定不会改变自己决定的。果然，在曹正春的眼神逼视下，老杨师傅没有退却，而是相对委婉地对曹正春说："曹总，我那头下午确实安排了一堆事儿，趁着中午这点功夫，回去休息休息，好不耽误下午忙活。"

从本质上说，老杨师傅不管怎么样，都是站在为公司着想的立场上，曹正春虽然心里不痛快，但他也没有啥好说的，但又不能装作没听到，只好对老杨师傅笑着说："那行，工作上的事儿要紧，你早点回去休息吧。你们几个，下午公司里有事儿没？”说完，曹正春环视他手下几个领导级别员工，问了一句。

“这……”虽然他们几个都喝了酒，但曹正春这个问题，他们还真不好回答，虽然他们本意上想陪曹正春尽兴，但毕竟是顶头上司，如果说没事儿的话，在与老杨一对比，不是显得太过于酒囊饭袋了吗？但若是说有事儿的话，接下来的热闹，可就都凑不上了，等于平白的少了一次跟顶头上司拉近关系的机会。

这样的矛盾想法一冒出来，这几个心里都开始骂老杨故作清高了。

看到这几个人咿咿呀呀说不出话来，朱梦来笑了一声，说：“虽然我明天才正式上班，但今天还得回家处理一些东西，曹正春，大家伙都挺忙的，改日吧，改日等我熟悉业务了，我们再出来坐坐？”

“对对，朱总说得对，朱总，我们几个都挺忙的，要不等下次找个不太忙的时段，再陪您好好尽兴？”侯作文是个人精，马上顺着朱梦来抛出的杆子爬了上去。

曹正春看眼朱梦来，公司内部的事儿就是这样，正因为他是个老总，是龙头老大，需要顾及的东西有很多，于是，接下来的行程安排，自然取消了。

回家的路上，喝了点酒的朱梦来，有些心思烦乱的回想着欢迎午宴上发生的一幕幕，他一边感叹老杨师傅没怎么变的性子，一边替老杨师傅暗暗担忧，同时对于公司里尔虞我诈的明争暗斗，有些头疼，对于这种事儿，朱梦来一向是看不上眼的。但为人处事就是这样，进入社会，总会遇到各种各样的人和事儿。

有的人被社会磨平了棱角，而有的人，却能保持自己的初心，老杨师傅就是最好的例子。不能说老杨师傅的做法，是对是错，或者不够圆通圆滑之类的，但至少，在坚持自己的原则上面，老杨师傅无疑做得很好。

这个季节，正是深圳市步入雨季的时节。

先是淅沥沥的小雨，然后是哗啦啦的大雨，这一下，就是一整夜，烦闷的天气，让人的情绪，都跟着多了几分闷气。

第二天清晨，下了一夜的雨，还在铆足了劲地下着，而且还有加大的趋势。街道上已经积水成河了，一晚上没睡好的朱梦来，看着噼里啪啦下雨的天，眉头不由得皱了起来。第一天上班，就遇到这么恶劣的天气，无论如何，这都算不上什么好征兆吧？

朱梦来第一天上班，曹正春比他还兴奋。虽然大雨扰乱了人的思绪，但一早上，曹正春还是早早给朱梦来打过来了电话，亲自过来接朱梦来上班。

朱梦来没有拒绝曹正春的好意，一来，他虽然有车子，但平时却很少开，比起开车，朱梦来更喜欢步行，他喜欢看，看人，看事儿，看风景。开车的时候，朱梦来发现，他总会无意中错过许多值得看的东西。这是朱梦来多年养成的习惯，很难改变，更何况连夜的大雨，再加上现在更加大的暴雨，路上走起来非常不方便。

二来，朱梦来认为，他现在跟曹正春，已经不是单纯的朋友关系了，他们之间，除了是朋友之外，还多了一层上下级的关系，曹正春现在就是他的顶头上司，就冲着这点，朱梦来也不愿意驳了曹正春的好意。

曹正春来得很快，接上朱梦来，两人先是一起去吃了早点，然后曹正春才开着车子，向公司驶去。

路上，曹正春问了朱梦来心里的想法，“第一天上班，有没有什么感受？打算先从哪方面着手？”这是曹正春感兴趣的东西，如果是普通员工也就罢了，但朱梦来不一样，他可是位置关键并且非常重要的特助，不夸张地说，有时候朱梦来简单的一个想法，就会影响整个公司的整体走向。

“首要抓的，自然就是前期跟你提过的公司文化建设，至于工作上的事儿，我还需要观察几天，毕竟我对里面许多东西还不熟悉，先把自己揉进去再说吧。”

曹正春听了朱梦来说的话，点了点头，事实上，不管在哪家公司，外来户，其实都会受到下面员工排斥，这是一个亘古不变的定律。

如果朱梦来不能把自己很好地融合进公司的话，他在手下员工面前竖立不起威信的话，工作根本就没办法展开。

所以总体来说，朱梦来的思路还是很清晰的。

第六章　观察车间

连绵的大雨，让朱梦来的心绪，都连带着烦乱起来。

到了公司，曹正春笑着提议说："朱梦来，我带你去各个车间先转一圈？"

朱梦来晃了晃自己手里拿着的通行证，说："你去忙吧，我有这个呢，你跟我走在一起，目标太大，不利于发现问题，倒是我一个人自己溜达着观察观察，说不定能找到点弊端。"

"这么大的雨……"曹正春抬头看了看天，雨珠已经连成线了，噼里啪啦，这还真是一个让人心绪烦躁的天呢，"好吧，那你辛苦一些，晚上我再给你接风洗尘。"

"又接？太频繁了吧？"朱梦来苦笑一声，昨天中午各个部门领导，排着队给他敬酒，虽然朱梦来自诩酒量不错，但也招架不住这么多人轮流灌酒，再加上昨天晚上下了一夜大雨，扰得朱梦来没睡好，直到现在，脑袋还感觉昏昏沉沉，疼得厉害。

一听曹正春又要给他接风洗尘，朱梦来下意识退却了，这段时间喝得确实太频繁了，酒虽然是个好东西，但多了就伤身，其实朱梦来还是非常重视养身的。尤其随着年龄跨过四十之后，朱梦来感觉自己的精力，明显下降了许多，不复当年之勇了。

“瞧把你吓得？怎么，尿了？我认识的朱梦来，在酒场上，可不是轻易认㞞的人哟。”曹正春笑着调侃了朱梦来一句，他之所以和朱梦来这么投缘，除了欣赏朱梦来在家具行业的才能和见解之外，朱梦来在酒场上展现出来的气魄，也跟曹正春的脾性非常相投，曹正春性格豪爽，一个人在酒场子上的表现，可以很好地折射出这个人的性格。

因此，曹正春是那种喜欢在酒场上看人的人，如果喝酒喝对了，他就敢把心肝肺都掏给你。

朱梦来悠悠叹了一口气，看着漫天的大雨，说：“如果再年轻十岁，就算一天陪你喝上三顿，也绝对不会差下半点，现在不行了，硬灌也灌不进去，关键是身体不消化了，我昨天中午喝的酒，现在还头疼得厉害，老喽，不中用了。”

“唉，其实我又何尝不是这样呢？只是，你也知道我这个人，没别的爱好，就爱喝上两口小酒，现在是彻底离不开了，再加上平时应酬又多，反正咱这人嘴馋，光看着别人喝酒，那种眼馋的感觉，就像错过了几个亿，不行，管不住嘴。”

曹正春自嘲着说：“晚上这个摊子，你还真的得出面呢，都是生意上的一些重要伙伴，有几个供货商，还有几个合伙人，你作为我们公司的生产和销售总监，以后少不了跟这些人打交道，提前认识一下也方便日后好来往。”

“嗯，我知道了，你先去忙吧，到时候提前电话联络吧。”曹正春这样一说，朱梦来就知道，晚上这个酒场子，他是没办法逃避了，身在职场，虽然确实能挣上不少钱，但是就是有这点不好的地方，许多事情，往往身不由己。

曹正春这家美华年轮家具公司，在整个深圳市，也是小有名气的。加上曹正春善于交际跟推广，又喜欢挖掘和吸纳人才，现在各项设施设备，基本处于完善阶段。

美华年轮工厂总占地两千二百多平方米，在这片区域，属于中上规模，曹正春也是江西饶州人，他办公司的理念，在很大程度上，照搬了饶州酒厂区的形势规模。

顺着龙门进入，绿化带做得不错，道路两侧，是各种各样的宣传栏，前行五十米左右，右侧是行政大厅，正前方是员工康乐中心，在往东南方向，则是职工餐厅宿舍等区域。

而工厂车间，则在行政庭正对面，为了预防员工私自运料带料，除了大门口的安保层之外，进入车间区域的门口，也布置了一层更加严谨的安保防护网。

不论员工还是其他前来参观的人员，要想经过这道门槛，就需要出示特制的通行证了，如果不带通行证，就算曹正春这个老总级别的人物，也休想踏进厂区半步。

对于这条规矩，朱梦来心里是非常赞同的，正所谓没有规矩不成方圆，公司制度实施，正需要各种各样的规矩束缚，才能达到正规化的目的。

在进入厂区的时候，朱梦来给负责站岗的安保人员出示了特别通行证，一进入厂区，一股浓烈的木材味道，铺天盖地地传了过来。厂区虽然也绿化过了，但这里常有大车出入，不止的相对简洁，而且通畅。

由于天气不太好的缘故，今天很少看到员工出来溜达，昨天就不一样了，昨天朱梦来办理入职后，也进来转了一圈，倒是看到不少衣着统一的工人。他昨天只是走马观花般地看了一圈，并没有认真观察过车间。

今天朱梦来特意拿着笔记本，打算更加深入地了解一下厂区的规模以及内部环境流程，方便他日后工作的正式开展。

一般上了规模的家具公司，必须要保证做到两点才算合格，通俗讲就是硬件措施和软件措施。硬件措施，主要针对的就是厂区的设施设备成型情况，以及现代化工序的完整状况；而软件措施，就是公司管理方面的完善状况，二者相辅相成，缺一不可。

进入厂区后，入目是一片连绵的厂房，这里主要以木材为主，下雨天，木材的气味有些潮湿，但基本上都是室内作业，就算天气恶劣不堪，倒也不影响正常工作的进行。机器轰鸣声与雨点降落声交汇相应，就像进入了另一个世界似的，厂区里倒是非常热闹。

备料车间，是家具公司的根基所在，有足够的料子做保障，才能保证成品家具如数出品。曹正春显然也知道这个车间的重要性，整个生产厂区，光是备料车间，就几乎占据了一半的场地。

备料车间分为三大片厂房，分别是一号、二号以及三号厂房，根据材料的质量和特性，三个厂房，倒是分布得井井有条，巨大宽敞的车间内，都被各种各样整齐的木料填满了，各项指标，标示的清楚明了，就算第一次走进来的人，看到这些明示化的分布，也能一目了然。

他心里暗自点头，心想曹正春确实不错，看来他招了一个得力的仓管，把备料车间管理得井井有条。

除了看料子，朱梦来有意的注意了下备料车间的排水区，木料怕水怕火，这些基本的问题，必须要加强重视，排水区做得不错，只是在消防这一块，在朱梦来看来，则有些隐患和弊端。他转悠了一圈，已经捡到了五个烟头，虽然厂房墙壁上用鲜红涂料明文写着禁止吸烟，但看来，这里的工人，对于这一块，并没有太过重视，他手里的烟蒂，就是明证。

从备料车间出来，朱梦来又顺着方向，进入了开料车间。

与备料车间的冷清、原始相比，这个车间，就显得现代化了许多，切割、分割机器前面，几乎都有忙碌的工人在运作，这里灰尘弥漫，各种各样的小料废料散落一地，看起来凌乱不堪。对于这点，朱梦来倒是没有什么疑义，如果开料车间井井有条，那才表示出问题了呢。

这个车间，用电设施密布，是朱梦来着重考察的地段，工人们忙忙碌碌，虽然有不少人看到了孤身进来的朱梦来，但大家都在忙碌自己的工作，没人管朱梦来，朱梦来心里正乐意这样呢，他看了自己想要看的东西之后，拿出笔记本，不断在上面记载着一些发现的问题和隐患。

木工车间，则是开料车间下一步的工序所在地，严格说起来，木工车间和试组车间，其实有着密不可分的联系，这两块，都是技术性要求相当精准的车间，是一间上规模家具公司的生产命门所在，也是主抓质量的关键点之一，而老杨师傅，正是这两个车间的总负责人。

穿着工装的老杨师傅，依旧秉承着亲自上阵的原则，带着大口罩，现场指导着关键工序。他看到了朱梦来，摘下口罩笑着朝朱梦来走过来，打趣着说："我们的总监亲自过来视察工作了？怎么样？有没有什么感想？"

朱梦来在老杨师傅面前，可拿不起什么架子，他对老杨师傅非常了解，说："有师傅您在这里亲自坐镇，这一块儿，我放心。"

跟老杨师傅聊了一会儿，朱梦来又转出来，陆续观察了打磨车间、半成品仓库以及油漆车间和组装车间，依次看完了这些东西，朱梦来心里对曹正春生起了佩服心思，难怪曹正春能在深圳家具行业闯出不小名头，设施设备，以及场间分化，确实做得相当完善。

正可谓是麻雀虽小五脏俱全，这么大的一片基业，暴露出一些问题，是不可避免的事情，这一圈转下来，朱梦来还真发现了不少问题。

从生产厂区出来后，朱梦来径直来到行政大厅，这是一座十层左右的办公大厦，朱梦来的办公室在八楼，跟曹正春的办公室在同一层。

作为生产、销售联合总监，看完了生产这一块之后，朱梦来打算再看看销售方面的东西。

第七章　主持会议

进了行政大楼，朱梦来没有去自己的办公室，而是带着私访兴致和目的，直接去了六楼的销售部。

销售部的重要性，对于公司来说，同样不可言喻，没有销售，产品就只是产品，并不能演化成利润，没有利润进账，前面所有环节都白搭。

上了六楼，对于公司里内驻销售人员的表现，朱梦来心里很满意，形象好，气质好，关键是礼貌热情，有眼力见儿。他刚出电梯，就受到了电梯口员工的热烈欢迎，还非常明朗地给了朱梦来三个选项，例如参观去哪个区域，购买家具去哪个区域，以及投诉建议去哪个区域，都给朱梦来介绍得清晰明了。

销售，主要是跟人打交道，基本上不存在什么安全隐患，朱梦来来这一块视察，主要是看看销售部员工展现出来的精气神，他看到了自己想要看的东西，对于目前销售这一块呈现出来的东西，朱梦来心里还是很满意的。

这样前前后后转了一圈下来，基本上到了中午开饭时间了。

现在大雨终于变成了小雨，淅淅沥沥的，这样的天，让人的头脑有些烦闷。

朱梦来没有回家，在职工餐厅简单吃完饭后，他回到自己的办公室，拿出笔记本，仔细梳理今天记录的东西，上面有发现的问题，值得提倡的优点，以及有待改进的区域，朱梦来着重关注了发现问题这一栏上面，有问题，改问题，企业才能进步。

针对自己发现的问题，下午朱梦来又进生产厂区溜达了一圈。

这次，他不像是上午那样，系统的一个车间接一个车间挨着查看了，而是根据自己发现到的问题，进行有目的性的查探和暗访。

备料车间三个厂房，一号厂房和三号厂房基本上没什么问题，但在鲜明对比下，二号厂房的问题就凸显出来了。例如朱梦来先前发现的烟蒂，正是在二号厂房里找到的，据朱梦来了解，三个厂房，分别有三个负责人，这样对比下来的话……朱梦来对二号厂房的负责人，开始暗中留意上心了。

晚上吃饭的时候，曹正春带着朱梦来一起到了酒店，除了几个供货商之外，深圳市商会主席也出席了。

因此，曹正春把这个晚宴的规格标准，定得很高。

商会主席和朱梦来是老朋友了，还在台资大型家具工厂上班的时候，朱梦来与商会主席就认识了，他们两个私下关系不错。

朱梦来对酒的免疫力极低，在酒桌上，和几个供货商很快熟悉了起来。

酒过三巡，曹正春笑着跟众人介绍朱梦来的才能，说："我们朱梦来可是一个大文学家，出版过几本书，在作家界，也是赫赫有名的人物，这次能把朱梦来叫过来帮忙，实在是件大喜事儿，诸位，让朱梦来给我们即兴来一段如何？”

曹正春的提议，引起酒桌上众人的热烈欢呼。

朱梦来自然不会怯场，即兴表演了一段诗朗诵，引来一片叫好声。这顿饭，吃得宾主尽欢，散场后，曹正春亲自把朱梦来送回了家。

在路上，已经有几分醉意的曹正春，搂着朱梦来的肩膀，跟他好一阵感慨，说了一大堆感谢的话之后，曹正春对朱梦来说：“差点忘记通知你了，明天星期一，有个全体员工大会，刚好趁着这个机会，我打算让你在这个员工大会上，跟大家正式见个面，你看怎么样？”

朱梦来没有拒绝，点头笑着说：“这是好事儿呀，你们每次员工大会的流程是怎样的？干脆这样吧，今天在厂子里转悠了一天，我确实发现了不少问题，明天大会我来主持吧，趁着这个机会，把这些问题都说一说，希望大家能注意这些方面的细节。”

曹正春笑着说：“看来把你拉过来，确实是个正确的决定，行，你全力发挥好了，只要对厂子有利，我肯定会支持你的。”

回去后，朱梦来虽然喝了不少酒，但他没有马上洗漱休息，而是仔细构思了一番，然后又在笔记本上归纳了一些要点，梳理了一遍，把他要在明天大会上表达的东西，都记述完整了，这才睡了。

第二天，下了一天半雨后，天气总算放晴了。这个季节，看到晴天都是一件极为奢侈的事儿。

太阳出来，朱梦来心情很好，他起床很早，出去锻炼了半个小时左右，才六点出头一点。朱梦来直接去了公司，在员工餐厅吃了早点，回办公室接着准备早会的事儿了。

八点，工作人员特意过来叫朱梦来，员工都到齐了，早会要开始了。

朱梦来是个注重仪表的人，他对着镜子，把衣服整理一番，看着没有不妥的地方之后，这才深深呼了一口气，向开会的多功能厅走去。

这是一间将近三百平方米的大型会议室，足以容纳千人开会。总部员工大概有五百多名，放眼看去，密密麻麻的都是人。

朱梦来心里略微有些紧张，倒不是害怕这样人多的场面，这是他进入美华年轮家具公司后，第一次给员工开早会，不论什么事儿，第一次，人的心情，总会有些异样波动。

今天，朱梦来没打算按着例行早会流程走，他认为，开会就是要解决问题的，如果不能解决问题，就算天天开会，公司业绩也好不到哪儿去。

所以，听到主持人在跟台下众多员工介绍他的履历，以及邀请朱梦来上台的时候，朱梦来表情显得很严肃。

“大家好，今天，是我正式在美华年轮家具公司上班的第二天，我的身份背景，刚才主持人同事介绍得非常详细了，不需要我再过多介绍了吧？美华年轮家具公司的创始人曹总，我们是很好的朋友，我特意强调这点，并不是说我要当着你们的面，跟曹总攀关系，还是其他什么的，我这个人就是这样，私底下，我们怎么处都可以，但是在工作的时候，一切都要按照规章制度来运行，在座的诸位同仁，对我的这个说法认同吗？如果认同的话，我觉得此处，有必要响起热烈的掌声。”

台下响起一片哄笑声，以及稀稀拉拉的掌声，朱梦来最后要掌声的举动，得到了台下员工的好感，他们觉得，这位新总监，原来也是一个风趣的人啊。

风趣意味着好相处，好相处意味着什么，就不用多说了吧？

“很好，非常感谢诸位同仁稀稀拉拉的掌声，这说明，我们是一个非常有凝聚力的团队。”朱梦来靠在了椅背上，环视着台下员工，笑盈盈补充了一句，把非常有凝聚力这几个字，特意加重了语气。

这次不用他再说什么了，台下再一次响起了掌声，只不过这一次不是稀稀拉拉的了，而是齐刷刷，能震撼人心的掌声。

朱梦来在员工们的掌声当中，站了起来，他给台下所有员工深深鞠了一躬，然后回到座位坐下后，说：“我一直遵循一个理念，员工是主人，领导是保姆，员工是一间公司的核心，这个公司，离开谁都能转得开，包括我，包括诸位每个单独的个体，但是，当台下的你们，凝聚成一股绳的时候，离开你们，我们美华年轮公司必然要玩完。昨天我在厂区观察了一天，我很庆幸，台下的你们，还没有彻底拧成一股绳，对于我来说，这是一个给你们下马威的好机会。”

朱梦来讲的话，又引起了员工们的哄笑。

“这不是开玩笑，都说新官上任三把火，我本来是真的打算趁着这个大会，给某些极个别员工来一个下马威，以便顺利的烧起我进入公司后的第一把火，但是昨晚回去，仔细想了想，毕竟人无完人，知过能改，善莫大焉，只要能改正，我还是发自心底，愿意再给这几个员工一个重新来过的机会。”

“这几个烟蒂，是我在备料车间发现的，距离我们的原材木料，只有不到三米远，看到这个小烟头，不知道在座的诸位同事有没有什么想法呢？”

朱梦来再次站了起来，他走到投影仪桌前，昨天录入的东西，依次打开，像放电影一般，给台下员工依次播放着，一边放，朱梦来一边解说："我们的线路，存在严重老化的趋势，屏幕上的这些火花，我可以对天发誓，绝对不是我后期PS上去的。还有我们的消防设施设备，灭火器拉环都坏了，难道没有人注意到这个问题吗？以及我们的消防管道，大家看看，软管上的窟窿，都能装进一颗人头了，这样的管道，关键时候，能使得上劲吗？"

台下已经有部分员工的脸色，开始变得很难看了，现在他们算是看出来了，这位新来的总监刚开始说得没错，他不是开玩笑，而是真的要给他们这些老员工，来场下马威了。

没人喜欢听这些，尤其这些老员工们，他们感觉朱梦来的话，就像是故意在挑衅他们一样，这些问题，你私下找我们解决不好吗？众目睽睽之下，放到早会指出来，这不是诚心给我们难看吗？

朱梦来已经成功地让一些人记恨上他了，不过他并没有停，他录入的资料图片还在继续播放着。

"我们是做什么的？家具，家具怕什么？怕水怕火，说完火，我们再来谈谈水的问题。"

第八章　火灾

朱梦来用风趣的语言，把他一整天转下来发现的问题，基本上都如数点到了，之后，朱梦来面色严肃地看着台下众多员工，说：“我们不怕有问题，就怕有问题不去解决问题，这才是真正的大问题。”

“都说新官上任三把火，我这第一把火，就是要主烧这些问题，我希望各个部门的同事们，能重视我刚才提出的一系列问题，并且要在三天内想办法改善和解决，这三天里，我会不定期地抽查，如果在我已经发现问题的情况下，还不能解决问题，或者姑息问题继续存在的话，那么我这个下马威，希望相关的员工能承受得住。”

说完这段话之后，朱梦来对身边的曹正春点头示意了一下，然后对主持人说：“我要说的内容，基本上就这么多了，接下来有什么流程安排，可以继续了。”

对于朱梦来来说，这个早会，他已经开完了。不过他还是拿着笔记本，把接下来的会议内容，严格的记录了下来。

会议结束后，朱梦来也正式投入了他的新工作。

他说到做到，这三天，朱梦来不定期地到各个发现问题的车间查看，有的已经改善了，朱梦来提出了表扬，而有的，依旧继续维持现状，例如备料车间二号厂房，朱梦来在第二天的探查当中，依旧发现了烟蒂的存在。

朱梦来这次是真的生气了，他直接找来了二号厂房的负责人，姓侯，叫侯武杰，据说跟销售部领导侯作文是亲戚关系。

“朱总，您叫我来有什么事儿吗？”侯武杰三十五六岁模样，打扮得油头粉面，他对朱梦来的态度倒还算恭敬，毕竟朱梦来是他叔叔侯作文的顶级上司，侯作文的面子，在朱梦来这儿不管用，侯武杰心里明白这点，不会主动去触及朱梦来的霉头。

朱梦来把装着烟蒂的塑料袋放到了桌子上，看着侯武杰，说：“你是公司的老员工了，如果我记得没错的话，你的资料上写着，美华年轮公司成立的第二年，你跟着你叔叔侯作文进了公司，对吧？”

侯武杰看着桌子上，塑料袋子里装的烟蒂，心里上下打鼓，不知道这个朱总监拿出这个东西，然后跟他说这些话是什么意思。

他只好顺着朱梦来的话茬，点点头，说：“朱总，您的记性真好，没错，我进入美华年轮公司，到今年，有整整十个年头了。”

说起这个，侯武杰心里就有种自豪感衍生出来，十年，这个年限，放到任何一家公司，都可以说是功勋员工的级别了，在美华年轮公司也不例外，侯武杰就是美华年轮公司的功勋员工之一。

“嗯。”朱梦来点点头，说：“在公司待了这么长的时间，你心里怎么看待公司？我要听实话。”

“朱总，在我心里，一直把公司当成自己的家一样敬重，这十个年头，我的青春和梦想，都奉献给了公司，我热爱我们的美华年轮公司。”

“热爱？敬重？你就是这样热爱敬重公司的吗？这个袋子里装的烟头，没有一号、三号厂房的，都是你负责的二号厂房里发现的，你明白一个小小的烟头，对于一家家具公司的备料车间来说，是多么巨大的隐患吗？这件事儿，我需要一个解释。”

侯武杰低头看着塑料袋里装着的烟头，低下了头，说：“朱总，我知道错了，责任在我，这件事儿我会给您一个交代的，我保证，这样的错误，绝对不会再犯了！”

“男子汉大丈夫，说出去的话，就等于泼出去的水，这次我就不给你惩罚了，但是记住你刚才说的话，如果下次再让我或者质检组查到类似的问题，我就不会和你说这么多话了，好了，你去忙工作吧。”

“知道了朱总，谢谢您！”侯武杰对朱梦来恭敬的鞠了一躬，只是，当他转过身的时候，脸上却是露出一丝桀骜不驯的神情，他看起来有些不服气，但并没有在朱梦来面前表现出来。

朱梦来盯着侯武杰的背影看了一会儿，拿起桌子上的塑料袋，扔进了垃圾桶里，然后走出了备料车间，去其他生产车间查看去了。

看到分割车间的状况，朱梦来面色再次沉了下来。

他直接叫停了正在进行分割工作的当班班组，指着裸露出线头的电线，问：“我记得前天在会上，这个问题我已经指出来了，为什么都过去两天了，这里还是这样？哪位是班组长，请出来给我一个解释。”

“朱总，我们已经通知了工程部，他们说马上解决。”负责人面色忐忑地站出来跟朱梦来解释。

“马上是多久？你们知道这些裸露在外的线头，意味着什么吗？意味着这是重大消防隐患，换几条线路值几个钱？如果因为这几个老化的线头，引起火灾，那又是多大的损失？安全意识，我要的是你们的安全意识，废话不多说，明天我还会来这里检查，如果问题还存在的话，直接按照规章制度执行！”

朱梦来很生气，他的特长其实不是生产方面的东西，但多年的经历让他清楚，如果不注重安全隐患问题的话，就算最优秀的生产，也只不过是纸老虎罢了，根本连基本的根基都没有，还谈什么制造利润？

没等到第二天朱梦来检查，下午八点钟左右，朱梦来刚下班回到家，正准备放水洗个热水澡，他的电话响了起来，是曹正春打来的。

朱梦来还以为，曹正春打过电话来，是又有酒场子了，他不禁有些头疼，想着接通电话后，该怎么拒绝曹正春的邀请呢。

可是，电话接通后，曹正春电话里万分焦急说的话，直接把朱梦来惊呆了，曹正春说，工厂发生火灾了，让他放下一切手头事儿，马上赶到公司去。

不用曹正春特意吩咐，朱梦来也意识到了这件事多么严重，家具厂发生火灾，光是想一想，朱梦来就有种头大的感觉。

在路上，朱梦来不断祈祷，希望只是局部小火灾，千万不要闹出大事端来。他特意看了看外面的天色，没有起风，这样的话，情况还稍微好些，蔓延的应该不快，再加上前两天才下过暴雨，空气湿度很高，应该不会有问题的。朱梦来心里不断地安慰着自已，可是，等他开车走到距离美华年轮公司一公里左右的时候，看着上空弥漫着剧烈的浓烟，朱梦来感觉眼前一黑，这是大火灾。

到了近前，三辆消防车围着工厂，紧急灭火，衣衫凌乱的曹正春，看起来有些面目呆滞，他的身上，有股死气沉沉的气息，呆呆地盯着熊熊燃烧的大火，喃喃自语："完了，一切都完了……"

事后调查鉴定结果出来了，火源是从备料车间引起的，而引发火灾的源头，正是一个小小的烟头，而火势之所以蔓延得这么迅速，正是因为老化的电线，引起的连锁反应。

朱梦来心里很内疚，他心里十分自责，明明提前发现了问题，明明当时就能解决的，但就是因为他采取了人性管理策略，没有做到足够的重视，这才引发出这么大的灾难。

好在没有人员伤亡，这真是不幸中的大幸，还有一个消息，在这个时候，也算得上是一个好消息，火势虽然凶猛，但好在发现得及时，控制在了备料车间和分割车间，没有继续扩散，这样的话，总算给美华年轮公司留了一口气喘息。

但是与这些好消息相比，不好的消息，才让人更加头疼。

因为这次火灾事故，引起了消防部门的重视，要求美华年轮公司，停业整顿，也就是说，这个厂区虽然还有一部分能使用，但不准他们用了，在安全隐患彻底解决之前，这个厂区都要陷入停顿状态。

这个决定，对于美华年轮公司来说，毫无疑问是一个雪上加霜的决定。仅仅一夜之间，曹正春看上去就像老了十多岁，两鬓都花白了。

朱梦来还从没有看到过这样的曹正春，他的心里很难受，发生了这样的事儿，心里极度内疚的朱梦来，下定决心，一定要帮曹正春挽回损失。他没有找侯武杰和分割车间那个班组成员的麻烦，事故调查科出结果后，根本不用朱梦来做什么，愤怒的曹正春直接把侯武杰几人辞退了。

但损失已经酿成了，更闹心的是，他们手上还有一批家具订单，本来宽宽松松就能完成的工作量，因为这场火灾，顿时也把朱梦来一干人等逼到了火烧眉毛的境地。

董事会召开紧急会议，针对这次火灾引起的连锁反应，商讨应对方法。

作为生产和销售双料总监，朱梦来的意见很重要，他这两天也在思考这些问题的解决办法，在这个会议上，朱梦来提出了他的三套连环解决方案，第一，临时租借个工厂，保证完成目前订单量上的东西，以便尽最大可能挽回损失。第二，库存货物被烧，导致资金周转陷入困境，为了缓解当前资金流水紧缺的状况，可以适当地对部分成品家具进行降价促销活动，从而达到短时期内回笼资金的目的。第三，不破不立，破而后立，正好借着这个机会，开发新产品，毕竟，这个问题，也是朱梦来在曹正春的美华年轮公司里发现的问题之一。

第九章　闯路精神

这点，朱梦来在那天组织的晨会当中有过提及，但当场被曹正春否决了。

在朱梦来看来，美华年轮公司，除了他发现的几处安全隐患之外，公司产品没有跟上市场节奏，也是一个非常严重的问题，当时他就提出根据当前市场需求和走向，适时引进新技术的想法，但曹正春认为，朱梦来的这个提议，实在太冒进，不合适，因此直接一票否决了。

这次，在董事会会议上，朱梦来再次郑重的重申了这点，他的态度很坚决，看着一众董事会成员，说："不能适应市场需求，跟不上市场节奏，那么最终后果只有一个，被市场淘汰。"

最后，这个协议并没有完全通过，董事会通过表决，对于这件事儿，最后给出的决定是，先全力解决目前迫切需要解决的问题，例如完成已定的订单按时交货。公司已经资金周转困难，开发新产品需要钱，现在公司哪有闲钱拿来开发新产品呢？

朱梦来听了董事会做出的最终决定，虽然心有不甘，但他倒是也能理解董事会的做法。朱梦来心里明白，他确实有些急功近利了，以公司目前的艰难处境，他的提议根本就如同海市蜃楼一般，可望而不可即。

会议宗旨订下之后，朱梦来开始忙碌了，一方面，他忙着销售成品家具方面的事宜，另一方面，作为生产总监，他还得找一家适合开工的场地，进行家具生产。

朱梦来感觉自己的时间严重不够用了，一天恨不得掰成两天来用，好在他的辛苦没有白费，历经波折，他终于找到了一间租金相对低廉的废弃工厂，朱梦来到现场看了，这里稍加改进，就能投入生产。

这个废弃工厂的老板，因经营不善跑路了，欠下一屁股外债的烂摊子，最终被政府接手了，所以价格倒是很低廉。

改善废弃工厂环境，在紧急施工下，花了将近一个星期的时间才完成。

现在，这间曾被废弃的工厂，基本上能作为正常生产基地投入使用了，只是这间工厂废弃的时间太长了，排水彻底损坏了，而目前深圳的气候，又恰巧处于一个雨季，因此，朱梦来的心里并不轻松。

他只能暗暗祈祷，祈求老天帮帮忙，希望这几天千万不要下大雨。

曹正春还没从火灾事件中缓过劲来，这几天状态有些低迷，公司的事儿，基本上靠朱梦来一个人顶着，可谓“压力山大”。

朱梦来的祈求，仿佛没起到作用，准备开始生产这一天前夕，天色又阴沉了下来，雾蒙蒙的，乌云几乎要压了下来，看样子，免不了要下一场暴雨了。

晚上九点多钟，密集的雨点声响了起了。

朱梦来没有回家，他正在陪曹正春喝闷酒呢。

听着窗外密密麻麻的雨水滴落声响，曹正春仰头长叹了一口气，说："天要亡我啊！屋漏偏逢连夜雨，直到今天，我才体会到这句话的真正意思。"

"不要灰心丧气，不是还有一句话吗，人定胜天，天行健，君子自强不息，天下事儿，都是人做出来的，没有打不到的困难，放心吧，我们一起面对。"朱梦来跟曹正春碰了一下酒杯，仰头一口干了。

他心里其实也烦乱得厉害，但没办法，曹正春已经是这种状态了，朱梦来不能再给他火上浇油。现在老天已经指望不上了，他只能暗中祈祷，临时的排水设施能起到作用，千万不要影响明天的正式开工生产。

但朱梦来的祈祷，似乎没有起到丝毫作用。临时的排水设施，可以预防小雨和中雨，但对于特大暴雨来说，根本无济于事。

这场特大暴雨的袭击下，即使是有不错排水系统的深圳市的街道都变成了河，更不要说他临时租借的这个排水设施本就不完善的废弃工厂了。

第二天，雨势虽然有所减缓，但看着街道上涨高的水位，朱梦来的心情并不乐观，非常艰难地来到工厂，不仅有工人因交通受阻，拒绝来上班的问题出现，更让朱梦来面色难看的是，工厂彻底被大水包围了，那些运送进来的机器设备之类的东西，都尽数在雨水里泡着，看着这让人绝望的一幕，朱梦来真有种仰天长叹的冲动。

好在今天还有将近三百多名员工到场了，曹正春不在，朱梦来就是这些员工的领头羊，在困难面前，朱梦来虽然心里长叹，但他并没有在手下员工面前表现出这些想法。

他看着废弃工厂里连成片的雨水，心里泛起一股癫狂狠劲，直接拿起铁锹，走到下游处，带头挖了起来，并号召员工，给大家伙打气，说：“既然老天不帮忙，不给我们活路走，那么我们就自己动手，挖一条活路出来。但凡今天动手跟我干的兄弟，我今晚私掏腰包，请大家放开来撮一顿！”

说着，朱梦来低头扑哧扑哧地挖了起来。

老杨师傅没有废话，他直接选择站在朱梦来这边，帮助朱梦来，老杨师傅在基层的号召力非常强大，他一动手开挖，他手下的班组成员，一个个二话不说地跟了上来。

在他们的带动下，越来越多的人加入了人工排水的大军当中，即便是个别看热闹不愿意出苦力的员工，此刻也不得不拿起铁锹，加入这个热情劳动的大部队当中。

将近三百个人，在朱梦来的带动下，足足挖了四个多小时，终于把明面上的雨水，都排到了下游。这间废弃工厂里虽然也有部分硬化，但总体上还是以泥土路居多，因此相当泥泞。

面对这种艰难的状况，朱梦来再次带头克服困难，他直接挽起裤脚，义无反顾地踏入泥泞当中，为了表现出一股子雄浑气势，朱梦来故意把脚步迈动得非常用力，泥水四溅，溅了朱梦来一身，朱梦来心里却是痛快无比，放声大笑着，这种感觉，就像在征服着什么似的。

朱梦来有些癫狂的举动，很快感染了众多员工，这个时候，在这些员工身上，有种电视上红旗渠民工们的干劲，一个个虽成了泥人儿，偏偏干劲十足，这种上下拧成一股绳的强大凝聚力，爆发出来的工作热情，简直令人难以想象。

今天原本预定的工作量，在这种热情之下，只用了半天时间就完成了，这还不包括他们花费四个多小时的时间，徒手排水这一环，如果把这点也算上，他们今天爆发出的能量，足以让任何人听了汗颜和敬佩。

或许有人会认为，他们这样的举动是典型的傻子行为，在有点文化的人，或许会把他们的行为，评价成堂吉诃德式的愚蠢行为，明知风车不可战胜，还傻兮兮地向风车发起冲锋，这样的行为，难道还不够傻吗?

但在朱梦来带领的这个团队当中，根本没人有空管别人是怎样的想法，他们的全部热情和精力，都投入到了这场堪称战争的奋斗当中，每个人都迸发出了超乎寻常的干劲。

他们这样做的效果非常直接，成效令所有人心生自豪，七天，短短一个星期的时间，他们在疯子般的氛围当中，超额十多天完成了预定的生产任务，先前订单的紧迫问题，总算被他们硬生生地解决了。

订单问题解决后，朱梦来直接做主，给整个团队放了两天假期，让大家好好休息休息，然而，陪着员工一起干活的他，却还不能休息，朱梦来头上还有一大堆事儿要做，更有一件事儿急需朱梦来亲自跟踪监督解决。

那就是回笼资金的问题，资金是一个工厂的命脉，如果资金链条断了线，那么基本上能判这间公司死刑了。

流动资金链断裂的问题，几乎比产品不能按时交货更加严重。好在产品提前验货交货，回笼了一部分后续资金，略微缓解当下的困境。

但是那把人为疏忽引起的大火，烧掉的钱简直太多了，三个厂房的备料货源，加上分割车间的货源木料等固定资产，保守估计，损失在一个亿之上。

这一把大火，一下子烧掉了将近一个亿，要补贴这个巨大的窟窿，还是相当困难的。

朱梦来他们的干劲，也把曹正春从低迷的状态中拉回来了，他现在重新精神焕发起来，不再消沉，而是四下跑着关系，去银行，找朋友，想尽一切办法聚拢资金，来渡过眼前难关。

但是这个窟窿太大了，即便曹正春尽了最大的努力，他也仅仅筹到了五千万左右，再加上提前交工的后续资金，加起来约有七千万左右，窟窿虽然没有完全被堵上，但至少大面上能熬过去了。

趁着这点时间，朱梦来对董事会提出的连环三套方案，第三套降价销售成品家具的方案也提上了征程。

但包括曹正春、朱梦来在内，他们都明白，这样的举动，对于目前美华年轮公司面临的艰难困境来说，最多称得上杯水车薪罢了，等于拆了西墙补东墙。降价销售，就意味着缩小利润，缩小利润，就意味着不赚钱，而不赚钱并不代表不赔钱，将近千名的员工，这里面消耗的费用是相当巨大的。

难题，再一次摆到了朱梦来面前。

第十章　提案重议

面对困难，朱梦来会惧怕吗?

这点，从朱梦来非常喜欢的一句古诗句可以找到答案。这是描写岩竹品格的诗句“千磨万击还坚韧，任尔东西南北风。”不经历磨难，哪里会磨砺出坚韧的品格？！

所以朱梦来在困难面前，从不会认输，从不会惧怕，他会选择迎难而上。面对眼前的困境，朱梦来并没有畏缩。

一方面，他在不遗余力跟踪成型产品降价销售的事情，另一方面，朱梦来完全以一副主人翁的心态，费尽心机地四处拉赞助。

朱梦来的辛苦和坚韧的付出，终于得到了回报。

这个决定注入资金的老板，曹正春也认识，他不是别人，正是曹正春与朱梦来的老乡，那个在他们清明节回家乡祭祖的时候，得知曹正春认识朱梦来，非要把朱梦来拉过来一起吃饭的毛明生，他得知朱梦来和曹正春面临的困境之后，略微做了一番考察，当即拍板决定注入一笔资金进来，帮助他们渡过眼前难关。

毛明生的出手帮助，让曹正春彻底重新焕发了活力，在饭局上，除了朱梦来之外，在座的其他几位，基本上都是美华年轮公司的股东，曹正春对毛明生这个新股东，表达了诚恳的谢意。

“毛老板，这次实在太感谢你了。锦上添花之辈常有，雪中送炭之人难遇，人只有在遇到困难的时候，才知道什么人可交，什么人需弃。”曹正春是个人精，他从那天毛明生讲朱梦来那段成语故事的场景当中听出，毛明生其实和朱梦来是一类人，他们都喜欢那种文绉绉的东西。曹正春为了讨好毛明生，刻意提前准备了一翻文绉绉的语言，希望凭借着这些东西，能和毛明生拉近一点关系。

倘若曹正春在毛明生三观还没有成型的时候跟他说这番话，说不定毛明生真会把曹正春惊为天人，但现在的毛明生，岂是以前的吴下阿蒙可比？生意人的精明，早就让毛明生变了很多，像朱梦来带给毛明生一身影响的那种回忆，早就是梦里才会发生的事情了。

所以成为美华年轮公司新股东的毛明生，听了曹正春文绉绉的话语后，并没有露出什么特殊的表示，他只是对曹正春表情淡淡地笑了笑，搂着朱梦来的肩膀说：“千万别谢我，要谢就谢朱梦来，如果不是朱梦来，我兴许还不在这里坐着呢。”

“对对，毛老板说得太对了，这次能渡过难关，不仅要谢朱梦来，在场的诸位，我曹正春都要感谢，敬你们一杯，这杯酒，我干了，你们随意。”困难解决了，曹正春心情大好，只要他的家底还在，损失的那点钱，迟早能赚回来，怕就怕一下子没了翻本的机会。

晚宴结束后，朱梦来为了表示对老同学毛明生的感谢之情，特意拉上曹正春，三个人又出去吃了一顿私人夜宵。

经过这件事儿，朱梦来不仅仅在中下层员工当中，竖立了极高的威信，在董事会眼里，也受到了极大的重视。

周一开例行董事会的时候，朱梦来前期提出的开发新产品的方案，董事会主动提了出来，让朱梦来做市场研究和策划，方案和目标订好后，会尽快投入研发。

对于朱梦来来说，这无疑是一个极好的消息。对于新产品的开发，他在上一家台资家具公司的时候，就有所研究，并且心中早就有了预定方案，只不过还没来得及实施就被迫离开了那家公司，这让朱梦来心里一度非常遗憾。

朱梦来的这个新产品的研究方案，是从美国的一家著名家具公司在家具论坛网上发表的论文中找到的灵感。

这篇论文，对于市场的研究和走向，非常有见地。关于对未来的定义，以及未来人们生活的需求，该论文研究人员认为，智能家具，绝对是未来三十到五十年的终极走向。

朱梦来看了这篇报道后，对其中的说法非常感兴趣，他认为这篇论文上面讲述的东西非常有道理。

打个极其简单的比方，每个人都要吃饭，但随着工作生活的节奏加快，压力越来越大，能有时间做饭的人并不多，这个时候怎么办呢？智能家具可以解决这方面的问题。在国外，甚至有些餐饮业，已经把这个项目引进了生产和使用当中。

据报道，有家餐饮业，没有一个厨子，没有一个服务员，进这家餐厅吃饭，完全都是智能化操作系统。

上面有数十个国家，几千种美食做法，只要输入你想要吃的美食，无论有什么忌口，无论要几分熟，这套智能家具都可以在极短的时间内满足你的要求。

这样的生活，其实光是想一想，就让人心生向往。

未来工作生活节奏的加快，长期高压力的生活，会导致人们普遍的懒惰心理，这个时候，什么东西都要讲究一个舒适和简洁，这个时候，智能家具的出世，毫无疑问会满足这部分人对于生活的追求和享受。

一张床，不再是简简单单的床，只要在睡觉前按一下某个按钮，或者调节某到程序，能同时享受按摩，这样的家具，又有谁会不向往呢？

所以说，在朱梦来看来，智能家具，绝对会成为未来家具市场的潮流，当然，现在这个时期，家具市场上的商人，对于这样超前的理念，敢想敢实施的并不多，甚至可以说凤毛麟角也不为过。

既然要干，就要干到最好，既然心中有可以实施的超前理念，为何不试试呢？

如果成功的话，朱梦来相信，美华年轮家具公司，至少会成为微软那样的超级巨头。

虽然董事会通过了提议，将新产品的开发和研究方案提到日程当中来，但朱梦来知道，这是一件长远的事儿，并不是说脑袋里有了想法，马上就能投入实施，这不现实。

新家具产品研发，这是一个组合的活，朱梦来需要做信息量非常巨大的市场调研，还得找相关的科技公司进行科技指导，另外，虽然董事会已经通过了他的方案，但朱梦来又不是幻想小青年，他心里明白，这项计划，若是真的投入研究的话，所需要的资金绝对不是一个小数额，所以肯定还得拉赞助，拉那种不但有钱，而且高瞻远瞩，同时对这个行业感兴趣的土豪赞助才行。

毛明生这笔资金的意外注入，虽然解决了目前火烧眉毛的困难，但美华年轮家具公司，还有许多急需解决的大问题。

就目前来说，原公司厂区旧址，被一把火烧得干干净净的备料车间跟分割车间，亟须重新规划设计，侥幸逃脱的其他车间也都存在着相应的问题，还需要大规模的改善线路，以及加强安全措施，尽最大努力地避免隐患问题。

这些都需要时间和专门的技术人才。另外，现在市政府的公文还卡在那儿，出了这么大的事儿，市政府对这起火灾非常重视，勒令美华年轮公司在解决这些安全隐患之前，不准在旧址厂区投入生产工作，这也是制约美华年轮公司的一道硬性措施。

再有，就是现在临时租借的这个厂区，排水问题实在太尴尬了。朱梦来可以靠一次亲自带动，进行人工排水，但次数多了肯定不行。

尤其这段时间，深圳进入了雨季，下雨非常频繁，所以租借厂区的排水问题，也提上了近期工作安排日程，这个问题如果不解决的话，对美华年轮公司的影响是非常巨大的。

最后，还是钱的问题。资金问题，对于一家公司来说，永远是最基本的大问题之一，现在整个美华年轮公司上下，任何一项工作，都离不开钱，但是，就目前情况来说，钱从哪里来呢？单靠吸纳新的董事会成员，以及让董事会成员注入资金，明显是不靠谱的。

像毛明生出资的这种情况，可以说，完全是可遇不可求的事儿，要想让董事会成员，心甘情愿的注入资金，就要让他们看到盈利的希望。毕竟，无论谁的钱，都是辛辛苦苦赚来的，把钱投到一个完全看不到希望的公司，就算傻子也不愿意干这样的事情。

所以，就资金问题来说，目前最好的解决办法，还是成品家具降价销售这一块。朱梦来认为，这个提议，有必要重视起来，他这几天工作的主要内容，就是亲自跟进这一块，跟各个供货商联系，推广宣传他们的大降价大优惠方案，希望能在竞争激烈的市场上，分到一块大一点甜一点的蛋糕。

但是，真实情况却是，他们的降价销售成品家具策略，进行得并不算太顺利，甚至可以用频频受阻来形容也不为过。

随着市场的逐渐丰富，竞争愈发激烈，有能力购买的人群，更信奉一个非常实际的观念，一分价钱一分货，如果价钱不到位，货估计也不是什么好货。

这个理念，基本上已经植入了人们的骨髓里，尤其对于家具产品而言，这可以说是与房子一体的存在，是关乎一辈子的大事儿，没有人愿意花冤枉钱购买伪劣产品。

第十一章　幸福来敲门

面对市场对于美华年轮公司产品降价销售热情度并不高的问题，朱梦来也实在没什么好办法了。

毕竟他只是一个人，对公司而言，朱梦来提出了当前最优质的方案，但市场的走向和定论，并不受朱梦来控制，他也只能干着急，而没有其他办法。

曹正春这几天过得倒是非常滋润，他回江西饶州老家那几天，勾搭了一位老乡妹子，曹正春跟这个能当他女儿的女孩儿提出了邀请，希望对方能到深圳来发展。

一来，深圳目前是国内排得上号的大都市，对于年轻人来说，有着更多的机会和诱惑力，二来，这也是曹正春的小心思。

曹正春离婚十多年了，虽然常有逢场作戏之举，但长期过着这样的生活，他自己也有些厌倦了。这个女孩子无论长相身材，还是脾气，都非常符合曹正春的审美。他心里其实有了稳定下来的打算，不然也不会这么着急慌忙地跟对方提出这样的要求。

让曹正春春风得意的是，昨天，女孩坐飞机从饶州老家赶了过来。

曹正春推掉了一切工作，陪着女孩大玩了三天。

人上了岁数，虽然不能一夜三次五次那么夸张，但春风得意的曹正春，感觉与女孩待在一起的这三天，他就像蓄电池充满电一样，浑身上下充满了干劲。

朱梦来听到曹正春跟他吹嘘这方面的事情后，摇着头没有发表什么意见，只是用调侃的语气跟曹正春笑着说了一句："男人上了岁数，腰肾功能肯定退化的非常厉害，做的时候，多注意一点，别闪了老腰，这样的话，就得不偿失了。"

"去你的！你是羡慕哥们的滋润生活吧。"曹正春笑着回了朱梦来一句，话题一转，笑嘻嘻地说，"有个好消息，关于你的好消息，你要不要听？"

"听啊，什么好消息？难道又有土豪财主入驻我们公司了？"朱梦来有些好奇，他是真猜不透，就目前美华年轮公司的状况来说，还有什么消息，对于他来说，能称得上好消息了。

"鉴于你这段时间的优异表现，董事会决定，把你的职位再升一级，由总监，升职到副总经理的位置。怎么样？这算不算一个好消息？以后我就不能称呼你朱特助了，应该叫你朱总才对。"曹正春故作严肃地对朱梦来说了以上这段话，随后再也憋不住了，哈哈大笑起来。

"工资待遇肯定会有很大程度的提升吧？"朱梦来笑着说了一句。

"工资待遇目前不打算有多大的变化，但是年底分红，肯定是一笔不小的数目。"曹正春一本正经地说着。

"得了吧，以公司目前的财政紧缺状况来看，年底不赔钱，我就要烧高香求拜佛了。”朱梦来没把这个消息当回事儿，对于他来说，现在在公司的权利已经足够大了，就算职位升级到副总的程度，在他看来，也就顶多算得上锦上添花，对于他来说，在实质上，并没有多大的改观，毕竟他需要做的工作，还得像牛马一样操劳，甚至因为这个劳什子的升职，工作量估计还得加大几分，这样的话，他以后就更加忙碌了。

说完，朱梦来感觉自己有种疲惫的感觉，浑身上下有些乏力，眼睛也有些酸痛，有种要不自觉打瞌睡的感觉。

“或许是这段时间工作太累的缘故，高压力的生活，把自己的神经都快绷断了。”朱梦来自我安慰的低声嘀咕了一句，起身给自己泡了一杯咖啡，问曹正春：“我喝咖啡的时候，不喜欢加糖，就算再苦也不愿意加，我感觉，咖啡这东西，天生就是用来散发那股苦涩味道的，如果加多了糖，反而失去了本性，你要喝加糖的还是不加糖的，来，我这个公司未来的朱副总经理，亲自给我们的大曹总冲上一杯散发浓香的咖啡。”

“谢谢，加糖，越多越好，我听说多吃糖能补充能量，最近我的能量消耗的有些大，是需要补补的时候了。”曹正春笑嘻嘻地挥了挥手，他可不喜欢品尝什么苦涩的味道，对他来说，前段时间那把大火，简直把他的生活，都烧得发苦了，他这辈子都想远离这种苦涩味道，还是甜一点好，甜甜美美，才能开开心心嘛。

朱梦来摇着头笑了笑，对于曹正春的理念观点，他没什么好评价的，充好咖啡，慢悠悠品尝着喝了一杯。他感觉到自己的精神稍微好了一些，身体上的警示，也让朱梦来暗自留意上心，他告诉自己，不能这么拼了，毕竟不是二三十岁的年轻小伙子了，现在身体稍微受点累，根本承受不了，连失眠的症状都出现了，尤其起上两三次夜之后，这种睡不着觉的感觉更加明显。

中午的时候，朱梦来接到了女儿朱茵茵打过来的电话。

电话里，女儿对朱梦来说：“爸，我攒的假期碰上用处了，大概有十多天时间吧，奶奶还没出过远门呢，这段时间她老人总念叨着您，一会儿担心你在那边吃得好不好，住得怎么样，一会儿又跟我念叨，不知道你在外面的工作环境怎么样，有没有吃苦之类的，每天都是这些问题，听得我头都晕了，反正一次性假期攒够了，我寻思带着她老人家到深圳找你，顺便出来转转，怎么样？女儿的这个消息，算不算一个天大的惊喜呢？”朱茵茵在电话另一头，兴奋地对朱梦来碎碎叨叨说着。

女儿说的消息，对于朱梦来来说，这确实是个天大的惊喜。他顿时笑得合不拢嘴了，问女儿：“票买好没？要不爸爸让人从网上帮你们订票？你奶奶年龄大了，你记着把她该吃的药都带上，路上多注意点。上飞机下飞机都记着给老爸打电话，对了，你和你奶奶这几天想吃什么？爸爸这就去准备。”

“哎哟！烦死人了哦！您不愧是奶奶的亲儿子，说的话都一模一样，你清明节回家那几天，没在家里吃上一顿热乎饭，这都成了奶奶的心病了，她老人家每天念叨个不停，听说要出远门来找你，还特意准备了一大堆吃食，什么猪肉啊羊肉啊，最无语的是，为了新鲜，老人家竟然准备弄只大活公鸡带上飞机，被我好说歹说劝下来了。我说老爹呀，我们能不能有点追求，别总把生活挂在吃上面啊……”

女儿朱茵茵唠唠叨叨的话语，成了朱梦来放松精神的一味良剂了，听着女儿跟他讲这些东西，说这些话，朱梦来心里泛起一股淡淡的幸福感，这种感觉，只有至亲的家人才能给予。朱梦来为了有这么一个老母亲，而感觉到幸福，也为了有这么一个健康活泼的女儿，而感到幸福。

幸福，有时候就是这么简单，一句话，或者一个简单的小举动，幸福就会不经意跑过来敲门。朱梦来喜欢这种感觉，迷醉这种感觉。

这几天，幸福感就像是要爆棚一样，轮番上阵的轰击他的防线。先是公司总算一步一步又被他生生拉回了正轨。

然后，他的提议，本来已经被董事会集体否决搁置了，但随着他优异的表现，董事会为了表示对他的重视，主动把他那个已经被否决掉的方案，重新捡了起来，对于朱梦来来说，这种被重视的感觉，就是一种幸福。

再接着，朱梦来升职了，进入公司短短一个月出头的时间，他由朱特助，升职为朱副总，到了副总这个职位，公司会象征性地给出一份原股，虽然数量极少，但这可是原股啊，这就代表着，从现在开始，朱梦来也算这间公司的主人之一了，而不再是高级的打工仔了。对于朱梦来来说，这种被认可的感觉，也是一种幸福。

现在他已经人过中年，老母亲虽然八十多岁了，但精神矍铄，身体健健康康的没什么大毛病，而且还能从遥远的家乡，赶到他生存奋斗的城市来探望他，这种幸福的感觉，几乎要把朱梦来砸晕了。

成堆的幸福事件，像井喷一样爆发出来，对着朱梦来接二连三地涌了过来，虽然猫爪挠心般的累，但这种累，得到了回报，付出的有价值，当各种各样的幸福跑过来敲门的时候，这种累，又算得了什么呢？

前几天，身体给他发出的警报，让朱梦来暗暗记在了心里。从那天之后，朱梦来有意识地让自己的生活，变得规律起来，对于那些酒场上的邀请，能推则推，不能推，就算去了，也绝对不大鱼大肉，哪个清淡吃哪个。

朱梦来这样辛苦地调理身体，完全是因为他深深明白一个道理，再好的事业，也比不上一个健康充满活力的好身体。

而与此同时，为了让身心都能得到放松，朱梦来打算借着老母亲和女儿过来这几天，把工作量再度压缩减少，专心陪陪亲人，等全部调节好了，朱梦来相信，自己肯定也会像电池充满电一样，重新变得活力无限。

第十二章　身体警报

朱梦来升职的消息，只是曹正春私下提前告诉他的，还没有全公司正式的公文通报。

但消息还是传了出去，公司里中下层员工听到这个消息后，心里并没有羡慕嫉妒之类的负面想法，反而听了后，心里都非常高兴。

通过朱梦来这段时间的工作接触，所有人都被他那种亲力亲为的工作态度感染了。朱梦来的辛苦，以及非常平民化的举动，受到了上下员工一致好评。

销售部的领导头子侯作文，因他侄子工作失职而引起公司重大损失后，这段时间行事也低调了许多。

虽然公司的处罚条例，并没有牵扯到他身上来，但侯作文心里总有些别扭，毕竟侯武杰是他的亲侄子，在公司其他员工看来，侯武杰之所屡教不改，除了他本人是公司的元老级别员工之外，也与背后有个侯作文这样高管级别的叔叔有着密不可分的联系。

侯作文心里自然也明白这点，现在一下子闹出这么大的事端，他也愁白了头。

再加上头上又来了一个顶头上司，虽然侯作文心中有些其他的想法，但这个时候，不得不压了下来。

在听到朱梦来即将升职副总经理的时候，侯作文心里有些小窃喜，既然朱梦来从总监上升到了副总的职位，那么他名下销售总监的职位，是不是该空出来了？

这个蠢蠢欲动的小心思，像一簇小火苗般，一旦冒了出来，顿时以最快的速度衍生成了熊熊大火。

所以，这段时间表现低调的侯作文，觉得先前因为侄子的事儿，闹出的负面言论有所减缓，他的行为又有跳脱的趋势了。

在朱梦来准备出门接老母亲和女儿的时候，他的办公室门被敲响了。

侯作文主动来到朱梦来办公室，找到朱梦来，给朱梦来递上了一份书面报告，这是一份相当形式化的代为认错道歉的书面报告，一来，对于侄子工作上的疏忽，引起的重大事故，他认为自己有一定的连带责任，向公司道歉，其他的内容，则是他多年来在销售这一块的见解，里面充分展示了他在这一块细节方面和大局方面的能力。

朱梦来仔细看了这份书面报告，又想到那次欢迎午宴，他对侯作文这个人，看出了七分东西，知道这个人精明无比，有不少小心思。

这个印象一旦成型，就很难再改观了。

侯作文给他上交这份书面报告的背后心思，朱梦来转眼间就猜出了大概。当下，朱梦来只是点点头，看着侯作文说：“这份报告我会转达给曹总的，你的看法不错，你确实是这方面的顶尖人才，好好工作吧，升迁机会总会有的。”

朱梦来故意提点了这么一句，说这句话的时候，他特别注意了下侯作文的面部表情，当看到侯作文脸上露出强行忍耐的喜意后，朱梦来知道自己猜对了。

不过这都是人之常情，升职涨工资，自然是让人高兴的事儿，这种喜事儿，摊到谁身上，都是这个道理。对于这点，倒是无可厚非。

虽然从朱梦来心里来讲，对于侯作文这类型的员工，不太喜欢他们跳跃的那种小心思，以及为了得到领导的好感，刻意贬低其他员工的行为。这些举动，在朱梦来看来，都是极其下作令人不齿的行为。

但是，对于侯作文在销售工作上面表现出来的才能，朱梦来又不得不赞叹，这家伙确实是销售方面天生的人才。

这种人，朱梦来与他成为朋友的可能性，几乎为零，但作为下属，朱梦来又需要这样的人才给他卖力工作。

于是朱梦来夸奖了一番侯作文之后，挥手让他出去工作了。看了看这份书面报告，朱梦来终究没有自己压下来，他在离开办公室，准备去接老母亲和女儿的时候，还是顺手走进曹正春的办公室，把这份书面报告交给了曹正春。

毕竟曹正春才是这家公司的老总，侯作文又跟了他这么多年，具体该怎样做，曹正春心里应该有数。

经过这个小插曲之后，朱梦来开着车，向深圳机场驶去。

还在路上堵着的时候，他接到了女儿打过来的电话。

电话里，朱茵茵抱怨起了朱梦来，说：“老爹啊，时间不是早就给你发过去了吗？这都过去十多分钟了，您老的人影还看不到啊。”

对于女儿的抱怨，朱梦来自然只能全盘接收，没办法，确实是他的疏忽，本来他已经把时间计划得很好了，谁知道先是侯作文突然赶过来给他递报告，然后在路上，又遇到了堵车这样的事情，看着排成一条长龙的车队，朱梦来心里也有些焦急。

没办法，朱梦来只好在电话里对女儿说："茵茵，你带着奶奶先找个地方坐着，爸爸这边遇到了堵车，估计还得半个小时左右才能到，在机场多注意一些，找坐的地方的时候，尽量找距离机场执行警察近的地方……"

"好啦好啦，我知道了，啰里啰唆的，老爹，等你待会儿看到我们之后，你就能理解我为啥这么暴躁了！"朱茵茵打断了唠叨的朱梦来，速度飞快地挂断了电话。

听着电话里传来的阵阵忙音，朱梦来愣了愣，苦笑一声，没办法，孩子大了，懂事了，翅膀就跟着硬了，以前女儿是他背后的小跟屁虫，现在，他这个父亲的角色，在女儿眼中越来越淡薄了，就像他对他老母亲一样，都是一个道理。

朱梦来不得不承认，一天之中，他脑子里想起老母亲的时间，别说二十四分之一了，就连四十八分之一，甚至九十六分之一都不到，有时候，他甚至一天都想不起老母亲的身影，年迈的母亲，在他心里，似乎已经变成一个可有可无的角色了。

平时不想这个问题的话，还不觉得有什么。

但是当闲下来，突然想起这个问题时候，对于多愁善感的朱梦来来说，简直就是越想越伤感，就像进入了一个牛角尖般的循环圈子一样，这种感觉，把他挠的浑身不自在。

到了机场，当看到女儿和老母亲以及她们携带的行头之后，朱梦来心中确实理解了女儿说的话，理解女儿为啥要对他发脾气了。

虽然老太太的行李，经过女儿层层简化，但在老太太的坚持下，大包小包的肉食菜肴之类的东西，还是带来了一大堆。

搬着这些东西，朱梦来眼里，几乎是强行噙着泪水，这些东西，都是老母亲从千里迢迢的家乡带过来的。

他一边搬着，老母亲一边在他身旁念叨着："都是你爱吃的东西，还有件毛衣，是娘亲手织了两年，才织好的，人老了，眼睛花了，这些细活，干起来也开始吃力了。"

老母亲在一旁絮絮叨叨地说着，朱梦来的眼里的泪水，却是再也忍不住流淌下来。从这些东西身上，他感受到了一股沉重的分量，这些看似简单朴素的东西，都是老母亲那沉甸甸的爱啊。

与老母亲、女儿一起待的这十天，绝对是朱梦来这三年来，过的最幸福快乐的十天。临别的时候，朱梦来心里充满了不舍，他看着老母亲，想让上了岁数的母亲，就留在这边，好方便照料。

但老母亲不愿意给他添麻烦，推脱着说："在老家小县城待惯了，大城市太闷了，住着心慌，再说了，茵茵在那边还有工作，如果我搬到这边，留下孩子一个人在那边，让人不放心……"

朱梦来亲自把老母亲和女儿送到机场，看着她们登上了飞机，看着飞机缓缓起飞，朱梦来心绪难明，有些伤感，有些惆怅，还有一种空落落的感觉袭来。

回到公司后，忙碌的工作，把这种复杂的情绪冲淡了。

这段时间，朱梦来专心陪着老母亲和女儿，工作方面的事儿，确实有所疏忽了。办公桌上，积累了一叠文件，有的需要批示，有的需要他亲自去处理，其中一份文件，朱梦来看到后，重点做了批示，这是一份家具产品营销会的邀约。

这是个百万级别的大型营销展会，对美华年轮这样的家具公司来说，其重要性不言而喻。另外，这个展会就在深圳本市举行，并不用跑远路，这倒等于在无形中给他们减轻了不少麻烦。

朱梦来对这个营销展会非常看重，打算亲自跟进监督这个项目。营销展会的时间，在半个月之后，虽然并不算太急迫，但光是准备工作，也足够他们忙的了。

在接连几天的高强度工作当中，朱梦来发现自己身上，又出现那种浑身乏力以及精神不集中的状况，现在喝咖啡强提精神的方法，用处也不太大了。

不但如此，累了一天之后，晚上回去了，朱梦来还频频失眠，尤其晚上起夜之后，再想入睡，简直比登天还难。

身体发出的警报，严重影响了朱梦来的工作效率，于是朱梦来决定，抽个时间去深圳市医院检查检查，看看究竟是哪方面的毛病了，总这样耗下去，他的工作根本没办法正常执行。

第十三章　检查

来到医院后，医院停车场里密密麻麻的停满了车。

朱梦来好不容易找到一个停车位，把车停好后，来到一楼大厅，又开始了漫长的排队挂号之旅。这让朱梦来心里感叹不已，现在流传的一句非常有名的话，辛辛苦苦地赚了大半辈子钱，到老了，都心甘情愿地交给了医院。

在漫长的排队等待中，朱梦来觉得这句话说得真是太有道理了。

好不容易排队挂好号，在医生问诊处，又卡住了。还是那个老生常谈的问题，患者多，医生少，这么折腾下来，还没有瞧上病呢，一个上午的时间，就晃悠着过去了。

中午，朱梦来本来打算在医院餐厅随便吃口饭，然后下午再接着排队问诊。

让朱梦来有些无语的是，就连医院餐厅，都挤满了人，好不容易买上饭，放眼看去，几乎没有空位子了，没办法只能跟人拼桌了。

朱梦来用打仗的姿态，终于抢到一个吃饭位置，这简直太不容易了。

这是一个二人餐位，座位的一侧，坐着一个马尾快到腰间的女医生，她的头发微微打着波浪卷，没有上色，漆黑亮丽，背部身姿苗条，配上这头纯黑色秀发，给人一种非常美好的感觉。

朱梦来把盛满饭的餐盘放在桌子上，看眼正在低头安静吃饭的女医生，低声问了句："您好医生，这个位子有人吗？"

女医生抬起头看了朱梦来一眼，没有说话，只是对着朱梦来摇了摇头，然后又埋头吃自己的饭菜。

朱梦来松了一口气之余，心头却不禁生起一股分外惊艳的感觉。

在女医生仰起脸庞，与他对视的一瞬间，朱梦来心里突然有种被电到的感觉。

倒不是说这个女医生的相貌，有多么倾国倾城，毕竟这个女医生，从眉宇间来看，估摸着有将近四十岁的样子。她的皮肤非常白皙，看起来非常紧致光滑，没有一般中年妇女的那种皮肤松弛感觉。

当然，她的样貌，虽然谈不上倾国倾城、美艳不可方物，但也绝对配得上美女这两个字，五官非常精致，浑身上下，散发着一股成熟女人特有的气息，想必在年轻的时候，这个女医生绝对属于大美女的行列。

而朱梦来，看到这名女医生之后，心里之所以会产生出一种被电到的感觉，倒并不是因为这个女医生的模样美貌，纯粹是因为女医生身上散发出来的气质，让朱梦来的心灵，有种被闪电击中一般的感觉。

这让朱梦来的心跳略微有些加快，他把桌子上的餐盘摆正，坐下的时候，鼻子里闻到一股清新淡雅的香气，这股味道，正如同女医生整个人散发出来的气质一样，清新如兰，令人心旷神怡。

朱梦来用眼角余光，看了一眼正在埋头吃饭的女医生，心里颇为自嘲地笑了一声，暗中对自己说："朱梦来啊朱梦来，都一大把岁数的人了，还想这些事情干什么呢？这个女医生，身材、样貌、气质都是上上之选，她这个年龄，肯定孩子都不小了，你就不要妄想了。"

朱梦来在心里这样对自己说着，并且他的思想似乎也被自己说服了。朱梦来身上文人特有的傲气，对于礼义廉耻，自有一套坚持，对于那种破坏别人家庭的人，朱梦来根本看不上眼，同样的，对于破坏别人家庭的事情，朱梦来自己也断然不会去做的。

所以朱梦来心里有股隐隐的失落，妻子去世这么多年，他心里还是第一次对异性有这种异样悸动的感觉，可惜，正应了描述感情的那句常用说辞，有缘无分。

朱梦来边吃着饭，心里边乱七八糟想着这些东西，饭菜什么味道，他是半点也没有品尝出来，女医生吃完饭，起身离开的时候，把朱梦来惊醒过来了。

朱梦来看着女医生平静清冷的表情，张了张嘴，想说句什么话，但又不知道该说什么，他只好仰头对女医生笑了笑，这才低下头来继续吃饭。

吃完饭，又用了大概半个小时的时间，朱梦来终于排上了队，根据挂号提示，朱梦来来到五楼医生办公室。这是一个宽敞的办公室，这个时候，正有十几个白大褂医生坐在电脑前忙碌，有男有女，朱梦来环视一圈，问身边的一名医生："您好，请问毛小钰医生在吗？”

“毛医生今天下门诊，你去一楼门诊室找她吧。”这是一名男医生，上下打量朱梦来一眼，问：“你找毛医生看病，还是有其他事情？”

朱梦来把手里的挂号推荐单递给这名男医生，笑着点点头说：“身体出了点小问题，来医院检查看看。”

男医生看了眼朱梦来递给他的挂号单，扫了两眼，拿着挂号单，直接站起来笑着说：“我刚好下门诊有点事儿，走吧，我带你去找毛医生吧。”

“谢谢！”朱梦来对男医生诚恳道谢，医院科类分化较细，一楼二三十个房间，几乎有一大半就是门诊室，如果让朱梦来下去找，一准抓瞎，等找到毛医生，也不知道到了什么时候了。他现在可是标准的大忙人，时间并不充裕，今天的这点时间，还是硬生生挤出来的，再加上检查的时候，估计还得排队，一想到这个，朱梦来就有点头疼。

朱梦来跟着主动请缨的男医生，乘坐电梯下了一楼，径直来到六号门诊室，朱梦来注意到，男医生的脸色，有些潮红，看起来非常迫切的样子，那个模样，就像想要急迫的见到某个人一般。

朱梦来心里有些奇怪，他特意暗中打量了这个男医生一翻，看上去四十岁出头的样子，戴着一副金丝眼镜，长得白白净净的，身上有股医生特有的那种……高人一等的傲气。

“莫非……这个男医生，是听到自己找毛小钰医生后，特意找个借口陪自己下来，实际上，是他想见这位名叫毛小钰的医生不成？”朱梦来平时并不八卦，今天也不知道怎么回事，心绪躁动的有些厉害，遇到点人或事儿，不由自主地胡思乱想。

六号门诊室关着门，男医生深深吸了口气，脸上露出几分微不可见的紧张神色，这才轻轻敲了敲门，与此同时，男医生就像会变脸似的，本来没什么表情的脸色，在敲门的瞬间，直接转换成了热情高昂的笑脸，声音也变得轻快了几分："你在吗毛医生？这里有个病人专程找你，我特意带他过来了。"

"门开着，请进吧。"门诊室里，传出来一个清亮悦耳的声音，有股糯软的味道，这种腔调，像是来自江南秀美水乡一般，光是听着这个声音，朱梦来心里就有种如沐春风的舒适感觉，他心里，不由得对这个毛医生的样貌，起了丝好奇心思。

听到毛医生在里面说话，男医生脸上的笑容，顿时更如同绽放的花朵一般，他有些迫不及待的伸手推开门，语气热情地对毛医生说："毛医生，这位病人去五楼医护办找你，我担心他找不到你，特意把他带过来了，你这会儿不忙？还是门诊好，上面总有一堆事儿做。"男医生说完他来门诊的目的后，便开始没话找话地跟毛医生搭话了。

跟在男医生后面的朱梦来，听了这名男医生对毛医生说的话，心里不由有几分不悦。同时，他更有些无语，因为这个男医生，或许是见到毛医生太高兴的缘故，推开门后，竟然就这么站在门口跟毛医生说话，刚好挡住了朱梦来，让朱梦来进也不是退也不是，暗暗嘀咕，这个男医生好不靠谱。

"还好，先让患者进来吧。"毛医生说话声音很好听，只可惜，她似乎生性冷淡，说的话并不多。

男医生拍了下脑袋，失声笑了一下，边往屋子里面走，边笑着说："你瞧我，真是的，一见到毛医生，高兴得把正事儿都忘记了。"

朱梦来就算是傻子，这个时候也看了出来，这个男医生，显然正在追求这位名叫毛小钰的女医生，只是他心里有些好奇，这个男医生看起来年龄不小了，一般在医院里，像他这个年龄段的医生，早该结婚生子才对……

朱梦来跟着男医生，边往屋里走着，一边又情不自禁地胡思乱想起来，可是看到这个名叫毛小钰的女医生之后，朱梦来突然呆住了，他仿佛被一道闷雷劈中了身体似的，整个人都显得有些呆滞，因为这个毛医生不是别人，正是刚才在医院食堂，让他心生摇曳的那个看起来生性极其冷淡的女医生。

“咦？是你？！”朱梦来惊讶地问了一声，话一出口，他不禁再次愣住了，因为与此同时，毛医生看着他，脸上同样露出了略微惊讶的神色，嘴里说的话，更是跟朱梦来一模一样。

这样一来，两人禁不住都愣了一下，毛医生白皙精致的脸上，不由得露出一丝微笑，看着朱梦来说：“过来坐吧，跟我说说你的症状。”

朱梦来心里也有种分外巧合的感觉，他笑着点了点头，说：“好巧啊，没想到您就是毛小钰医生，您好，我叫朱梦来，今年四十二岁了……”朱梦来心情突然变得很开心，他边跟毛小钰医生介绍着自己，边走到办公桌前坐了下来。

那名男医生看着两人竟然认识，更让他惊讶的是，一向脸色清淡的毛医生，此刻竟然对朱梦来露出了笑容，这让男医生心里倍感惊艳之余，忍不住有些郁闷，他有种领着狼找小绵羊的郁闷感觉，一时间站在那里僵着，不知道该说什么了。

“谢谢你张医生，上面事儿多的话，你就先上去忙吧。”毛医生看眼站在屋子中央的张医生，委婉地下了逐客令。

“好的，我也正准备离开呢。”张医生干笑一声，脸上表情更加郁闷了，恋恋不舍地盯着毛小钰医生看了两眼，这才一步三回头地走出了六号门诊室。临走的时候，张医生还不忘借着关门的借口，又跟毛小钰医生搭了一句话：“毛医生，门给你关上还是？”

“关上吧，过道人多，太吵了。”毛医生语气平淡地应了一句。

“哦！知道了。”张医生边说着，边从外面拉上了门诊室的门，此时他一个人站在过道上，心里别提多郁闷了，有些后悔，刚才为什么不跟毛医生说他忙呢，就说不忙，下来看她忙不忙多好，这样也能借着帮她忙的机会，在这里多逗留一会儿也是好的啊，可惜呀可惜，平时脑子转的很快，一到面对毛医生的时候，这脑子就有些不够用了。

心里暗暗自责的张医生，有些不甘心的再次回头看了眼六号门诊室，只可惜，门已经被他亲手关上了，此时，除了一张木头门之外，他什么也看不到。

门诊室里，只剩下朱梦来跟毛小钰医生了。

朱梦来轻轻吸了一口气，毛小钰医生身上用的香水，不知道是什么牌子的，有股清雅芬芳的味道，闻到鼻翕里，感觉甜丝丝的，朱梦来感觉他浑身上下的毛孔，都要张开了。

“你的追求者蛮多的嘛，毛医生？”朱梦来故作大方地笑着，试探性地问了毛医生一句。

毛医生显然不喜欢聊这个话题，她听了朱梦来的话，白皙精致的脸上，几乎没什么表情，只是盯着朱梦来的脸，仔细认真打量着，语气清冷地问朱梦来：“朱先生，跟我说说你的症状，越详细越好，不要有遗漏，方便我为你安排检查科目。”

朱梦来干咳了一声，把他这几天身上的症状，跟毛医生详细地说了一遍，说完后，朱梦来脸上露出担心的神色，说：“这些症状，我自己也抽空在网上查看了，按照网络上的说法，我这些症状主要有三种可能，一种是需要药物维持治疗的甲亢，毕竟没什么精神，另一种可能性不太大，说是疑似糖尿病，最后一种，也是我最认可的说法，那就是这段时间工作太忙，休息时间不够，依您看，我的情况，属于哪一种呢？”

听完朱梦来说的话，毛医生没有马上作答，皱着眉头沉思了一会儿，摇摇头，用不确定的口吻说：“这个嘛……在科学的检查结果出来之前，我也不太好做判断，这样吧，根据你的症状，我给你安排几项专项检查，对了，你有没有医保之类的证件，我们这间医院，可以报销的，但需要办理住院手续，你看要不要走这个报销程序？”

第十四章　双重关注

朱梦来点点头，说："医保卡我倒是带着，只是……必须要办理住院手续吗？我工作忙，时间比较紧，办理住院手续的话，我恐怕没有时间来医院住。"

"没有好身体，工作再忙再出色有什么用？现在人的观念，真是的，主次不分。"毛小钰医生听了朱梦来的说辞，脸上神色变得严肃了起来，显然对朱梦来这种说法，她非常不赞同。

朱梦来没有反驳，毕竟毛医生说得很有道理，他想了想，对毛小钰医生说："这样吧毛医生，我先去检查吧，等检查结果出来后再做决定，身体没有大毛病最好了，如果真有问题的话，那我在办理住院手续也不迟。"

"嗯，这样也行，我先给你开张检查表，按着上面的顺序检查，你中午刚吃了饭，那些需要空腹检查的项目，我暂且先帮你排除掉，用其他的项目代替。"毛医生边低头说着，边速度飞快地拿起笔，在一张表格上面写着什么东西。

"行，就这样，太感谢您了，毛医生。"朱梦来的目光，不由自主地定格在毛医生白皙的脖颈处，这使得朱梦来心里有种想入非非的感觉。朱梦来心里想着，从那个张医生的行为上来看，毛医生似乎是单身……

在朱梦来又失神胡思乱想时候，毛医生清冷糯软的声音响了起来，她问朱梦来：“你的全名，身份证号，年龄，以及婚否等详细资料，按照表格上的提示选项如实填写。”说着，毛医生伸出一根白得晃眼的手指，指着表格上需要朱梦来自己填写的地方，给他详细的指导着。

朱梦来接过表格和圆珠笔，按照毛医生给他的提示，认真填写上面的内容，完事儿了，朱梦来又习惯性地检查了一遍，确认无误后，这才满意地点点头，把表格和纸笔交还给毛医生，笑着说：“毛医生，您看这样填有什么问题没？”

毛医生接过朱梦来递过来的表格，看到朱梦来写的字，毛医生脸上虽然没什么表情，心里却是忍不住赞了一句，好漂亮的字！

朱梦来的字，写得确实非常漂亮，他平时的生活习惯，更贴近文人这一块，闲暇时间，就练练字，写写东西。这点，曹正春那天介绍的倒是没错，朱梦来在文化方面，确实有着一定的造诣。

他闲暇时间发表的东西，已经在作协圈小有名气，也成功的入围了作协，每次作协有活动，就算在忙，朱梦来也会抽出时间参加。

朱梦来认为，人不管物质上贫穷或是富有，但精神上，一定要充足，否则，精神空虚的话，整个人也就跟行尸走肉没什么区别了。

而对于他的字，朱梦来是有绝对信心的，甚至在他看来，他的字体，就算入围字体存库，也是绰绰有余的事情。不得不说，朱梦来的字，写得真的非常漂亮，有劲道。

“咦？你是江西人？家乡是饶州的？”看到朱梦来籍贯一栏和老家地址一栏上填写的内容，毛小钰不禁抬头看了一眼朱梦来，白皙精致的脸上，浮现出惊讶的神情。

朱梦来看到毛小钰的表情，心里不由得有些高兴，他抿着嘴笑了笑，也用故作惊讶的语气问毛小钰：“怎么，毛医生，莫非我们两个是老乡？不会这么巧吧？！”

毛小钰脸上又露出了笑容，点点头没有说话，实际上，毛小钰的目光，却是在婚否一栏上，停顿了一下，看到上面写的丧偶两个字，毛小钰心里不禁有种莫名其妙的感觉，她也不知道，为何自己会不时地转动目光，在这一栏上面注视两眼。

表格确定没问题后，毛小钰在表格下面签上了自己的名字，然后再度把表格交给朱梦来，说：“按照上面的检查项目，依次去做检查吧。”说着，毛小钰又给朱梦来指着几处检查项目。把每个项目的具体楼层跟朱梦来详细说完，这才脸上带着歉意的表情，说：“碰到一个老乡不容易，可惜今天刚好轮到我下门诊，不然的话，我陪你检查，进度应该能快一些。”

“已经很感谢您了毛医生，反正就做几个检查，排队就排队吧，虽然我时间紧迫，倒也不能在这上面抠时间，您有事儿，就先忙着。”朱梦来看着毛小钰，笑着说完，跟她道了一声别，走出门诊，找检查项目的地方做检查去了。

不得不说，检查身体，是一个让人心灵紧张而又焦虑的事情，尤其还不时地排队，这样，就更显得烦琐了。

前前后后，大概又折腾了将近两个小时的时间，朱梦来终于做完了全部检查。但是检查结果今天还出不来，明天才能有结果。

朱梦来今天在医院耽搁的时间太多了，公司还有一大堆事儿需要他赶回去处理，不能把时间都耗在这里。没办法，朱梦来只好再次来到六号门诊室，敲开门，此刻毛小钰正给一名咨询患者问诊，朱梦来轻手轻脚地走到一旁椅子上坐下，没有打扰她。

他坐着的这个角度，刚好能看到毛小钰的正脸。

朱梦来平时，真没有盯着异性打量的习惯，但是，今天见到毛小钰后，朱梦来自己也发觉，他的情绪和行为有些不太对劲，明明脑子里冒出阻止的念头，但一双眼睛根本控制不住，总是不由自主地往毛小钰身上瞄着。

短短十几分钟的时间，朱梦来感觉自己，仿佛已经把毛小钰的样貌，刻录到了心底一般，这种青青涩涩的感觉，就仿佛他重新回到了年轻时候的初恋一般，让人已经到中年的朱梦来，心思变得很不安定。

毛小钰自然感觉到了朱梦来注视她的眼光，这让一向性子清冷的毛小钰，有种浑身上下不自在的感觉，她趁着空闲功夫，刻意抬头与朱梦来对视了几次，眼里泛出询问的神色，脸上也露出了疑问的表情，看着朱梦来，仿佛在问他有什么事儿没似的。

这种表情，几乎不用猜错，在看到的瞬间，朱梦来就明白了毛小钰的意思，他轻轻地摇了摇头，张开嘴巴，无声的比画出“你先忙”的口型，然后这才把脑袋转到了窗户的位置，盯着窗户外面的人流和车辆，朱梦来怔怔失神起来。

朱梦来的目光在不知不觉中总会情不自禁地转移到面色专注的毛小钰身上。雄性和雌性，确实是一种非常奇怪而又充满哲学的个体，朱梦来身上散发出来的那种针对异性的隐形暗示，毛小钰似乎也察觉到了。

只不过她的神色清冷，根本看不出什么异样来，既然朱梦来要盯着她看，反正眼睛长在朱梦来身上，她又没办法明着点出来，总不能跟朱梦来说，不准你盯着我看这样的话吧，于是，在逐渐古怪的气氛当中，朱梦来又断断续续地盯着毛小钰专注地看了五六分钟，而毛小钰，也终于把这个病人咨询的病患问题，都如数解决完了。

病人告辞离去，门诊里只剩下朱梦来和毛小钰了。

在气氛略微有些尴尬的时候，毛小钰适时开口，问朱梦来："你的检查项目都做完了？检查结果今天出不来吧，你明天过来还是另有打算？"

朱梦来笑着点点头，说："我明天估计会很忙，单位有件重要差事，需要我亲自过去跟着解决，所以这个结果，我明天应该自己拿不上了，您看这样行不毛医生，这是我的名片，明天我的检查结果出来后，劳烦您在电话里通知我一下，您看如何？"

毛小钰站起来，双手接过朱梦来递来的名片，然后笑着点头说："行，明天检查结果出来后，我再给你打电话吧。"

朱梦来心里有些失望，他之所以这样说，其实是希望借机要到毛小钰的电话号码，但既然毛小钰没有这方面的表示，以朱梦来的文人性格，他也不好再厚着脸皮跟人家强要，他只好强压心里生起的失落情绪，看着毛小钰的眼睛，笑着说："那就这样说定了，明天我等你电话，今天太感谢你了毛医生。等这件事儿完了，得空了我请您吃饭表示感谢，毕竟排除医生与患者这层关系之后，我们还是老乡呢。身在他乡，老乡见老乡，两眼泪汪汪，不吃一顿饭，简直对不起'老乡'这两个字。"

朱梦来怕他提出吃饭的邀请遭到毛小钰拒绝，又笑着继续说：

“其实在深圳，还有一个专门的江西老乡聚会群呢，通过这个老乡聚会，我倒是认识了不少在深圳奋斗的江西朋友，大家平时没事儿的时候，出来坐一坐，倒是能排解不少工作压力呢，到时候我顺便叫几个老乡，大家一起坐坐，以后有什么困难，也能相互帮助，有个照应总比一个人单打独斗强。”

“嗯，到时候再说吧，那你先去忙吧。”令朱梦来心里稍微有几分期许的是，毛小钰并没有当即拒绝他的邀约，这倒是让朱梦来心里生起一丝丝小兴奋，虽然毛小钰也没有表示出肯定，但在朱梦来看来，人和人交往，就是越走越近越走越亲，刻意的交好，关系总会随着时间的推移，慢慢升温的，至少就目前来看，这是一个好兆头，不是吗？

带着小心思的朱梦来，离开医院后，第一时间向公司赶了过去。

朱梦来倒是没有跟毛小钰说谎话，他明天确实有重要的事情。公司在深圳有个大型展会，是家具以及电器还有小型家居饰品方面的展会。这次展会规模很大，是全国性质的，听说电视台等媒体都会跟踪报道。

他现在需要赶回公司厂区，从先前已经做好的成品当中，定下最终的成品家具展销作品，这个东西，相当于美华年轮公司在家具行业的硬性同行门票，马虎不得。

回到厂区后，明天将随朱梦来一块负责家具产品展销的员工，正在紧急定着最终决定方案，大方向基本上定了下来，只需要在个别家具的选择上，做最后的拍板决定。

现在讨论组意见不一，需要朱梦来这个总负责人，做最后拍板。

朱梦来过来后，专案小组成员，又在朱梦来面前，依次讲述了自己的方案。朱梦来从整体大局考虑，最后拍板定下了总方案，他认为，这种家具成品展览会，公司产品需要展示的，就是公司的文化理念和设计理念，这方面，不但需要改进，而且在质量和实用性上面，也一定要有非常严格的高标准。

现代人的价值和审美观念，受西方文化的熏陶比较深，因此朱梦来最终决定主要走欧式家具展览路线。

而在那几个有争议的家具上面，一部分人的意见是欧式家具，太过单一了，如果能适量的加上几件中式家具，效果或许会更好。

针对这个问题，最终朱梦来拍板决定，质量专而精才是王道，在这几个家具的选择上，最终都是统一的高端新品欧式家具。

第二天，家具如数运送到展览大厅后，美华年轮的家具，很快引起了同行以及那些前来参观人员的注意。

这个倒不是说美华年轮公司出产的家具，究竟有多么精美多么超前，实在是因为美华年轮公司前段时间发生的重大灾难，在深圳市业内都传开了。

一把火烧了将近一个亿，而随着这起灾难的发生，当局市政府对家居行业的安全措施，可谓做了大力的调整和规定。毕竟这次是美华年轮公司运气好，虽然损失了不少钱财，但总算是没有死人，如果死上几个人的话，那么这个事故的最终处理，绝对不会像现在封厂整顿那么简单了，肯定有美华年轮高层领导要被抓进去接受调查的。

而在此之后，美华年轮公司传奇至极的翻身仗，打的那叫一个霸气回肠和令人津津乐道。美华年轮厂区发生的火灾，成了安监局的反面教材，而美华年轮漂亮的翻身仗，则又成了业界同行公司的模范势力。

在这种双重的宣传之下，美华年轮的名声，在这段时间，反而有种如日中天的架势，现在他们的产品出现在广州家具产品展销会上，非常自然地受到了极大的关注。

第十五章　相亲

反正就是一句话，在市政府安监局和各个家具企业无意中的双重宣传之下，美华年轮公司火了。

从这次产品展销会上来看，他们火得简直一塌糊涂，几乎成了整个展览营销的关注中心点。

在家具产品营销会上，受到关注度最多的美华年轮公司，最后不出意外的，接到的订单量最多，俨然成了此次家具展销公司当中的最大赢家。

朱梦来亲自把关参与的展销大会，给公司创造了极大利润。曹正春亲自打过来电话，跟朱梦来道贺，恭喜他立了这么大的功劳，并又给朱梦来透露了小道消息，针对朱梦来这次立的大功劳，董事会会专门开会研究决定奖励方案，这在公司成立这么多个年头，可是极少发生的事情。

对于曹正春跟他说的奖励的事情，朱梦来心里倒并不那么在意，毕竟他现在的职位摆在那儿，对于物质方面的追求，已经没有刚开始奋斗时候那么浓烈了。

不过朱梦来心里倒是很高兴，毕竟这表示他得到了公司上下的重视，这对于一个新人来说，着实很重要。

忙完家具产品展销的事情后，朱梦来在工作上，基本步入了一个平稳期。美华年轮公司建立十多年了，各项指标工作，其实已经很完善了，剩下的东西，说白了就是在原有的基础上，把规章制度做的在细致一些，而与此同时，朱梦来也决定，是时候着手实施他的文化建设计划了。

从下午开始，朱梦来的情绪变得亢奋起来了，他的脑子里，总是不时地冒出毛小钰的身影。

在平时，朱梦来并没有看手机的习惯，除非有电话进来，朱梦来才会接听一下，他不是手机控，手机在朱梦来这里，基本上就是一个通信工具，虽然功能很多，但闲暇时间，朱梦来更喜欢看看书，练练字，泡上一壶茶，伏在桌案上写点东西，这才是朱梦来心神驰往的生活。

但今天不一样，朱梦来的心，就像被一只猫爪挠似的，他总是不由自主地在手机上面瞄两眼，即便手机不响，他也会心神不定地拿过来看看，看一看是不是一不小心把手机调成了静音，这样的话，有电话或者来短消息，他就不能第一时间接收到了。

下班了，回到家也是这样，朱梦来不时看看还没有动静的手机，心里略微有些急躁焦灼，这电话怎还不响呢？

他不禁开始患得患失的回想那天在医院，与毛小钰交流时候说的话，应该没什么问题啊，两人确确实实约好了，化验结果出来后，毛小钰会通过电话联络他，可是，这一天时间都快过去了，毛小钰那边也不知道出了什么状况，还没有消息过来。

朱梦来倒并不是担心检查结果是否恶劣的问题，他纯粹是想听听毛小钰的声音，就像所有陷入单相思的人一样，即便已经人到中年，当这种事儿，真正摊到头上的时候，这种心路历程从来不会有太大的改变。别说朱梦来现在四十多岁，估计就算他到了八十多岁，恋爱了，也会直接回归到这种状态。

现在朱梦来已经有些后悔了，他后悔自己昨天的脸皮太薄了，干吗不直接跟人家要电话号码呢？还故作矜持地递给人家一张名片，这下可好，两眼抓瞎了吧。

就在朱梦来决定要不要去医院一趟的时候，他的手机来电铃声终于响了起来，朱梦来第一时间抓起电话，朝手机屏幕看去。

看到来电显示上面的号码，朱梦来心里突然有些失落，这个号码，不是手机号码，而是本市的座机号码。

“希望不是毛小钰医生吧……”朱梦来心里一边祈祷着，一边接起了电话。

“化验结果出来了，一个好消息，一个坏消息，你要先听哪个？”悦耳清脆的声音刚响起，朱梦来就在第一时间听出了声音的主人，正是毛小钰。

毛小钰的声音实在太有特点了，似乎天生带着一股冷淡的味道，但又不是像冰山似的，冷的难以接近，反正很好辨别就是了。

听到毛小钰说的话，朱梦来心里咯噔了一下，坏消息？自己的身体，不会真的出毛病吧？顿了一下，朱梦来笑着说：“我这个人习惯给自己留一些好的希望，先听坏消息吧，让我心情糟糕一些，然后再用好消息冲淡糟糕的情绪，这样的话，我的心情或许能变得更好一些？”

电话那一头，毛小钰听朱梦来说的风趣，扑哧笑了一声，但说话的时候，声音马上变得清冷了，她说：“检查结果出来了，已经确诊，是糖尿病。”

朱梦来听了，沉默了一下，这个消息，真是糟糕透了，糖尿病，说的再直白一点，就是富贵病，吃得太好，营养太足，虽然在现在这个年代，糖尿病已经成了一种非常常见的疾病，但这种病，却很麻烦，忌口太多了，像朱梦来这种应酬多的人，得了这种病，简直就是一种折磨。

“这真不是什么好消息，都已经确诊了，还能有什么好消息吗？”朱梦来皱起了眉头，他最担心的情况，还是发生了，人到中年，最怕病病痛痛找上门。

“当然有好消息，根据化验结果，你的情况，目前处于初级阶段，你明白我的意思吧？”毛小钰说着。

朱梦来眉头皱得更紧了，他说：“据我所知，糖尿病是终身疾病吧，以目前的医学水平，根本就没有治愈的可能。这样的话，初级糖尿病，又怎么称得上好消息呢？”

“肤浅。”对于朱梦来的说法，毛小钰直接给出两个字的简单评价，“就你目前的血糖指标波动，完全可以用饮食疗法控制，根本不需要吃药，虽然不能说痊愈，但控制得当的话，跟正常人也没什么不同，少吃一口又不会死人。”

朱梦来听了有些汗颜，在电话里跟毛小钰又聊了几句，毛小钰说：“我建议你不忙的时候，抽个时间再来一趟医院，做个更加全面的检查，先这样吧，我一会儿还有点事儿，就不跟你多聊了。”说完，毛小钰挂断了电话。

留下朱梦来一个人怔怔失神，他倒不是担心自己的病情，毕竟现在通讯很发达，对应自己的症状，上网查看一翻，有什么地方该注意的，只要照做，基本上都不会出什么大问题。

朱梦来只是心里有些遗憾，他还没来得及跟毛小钰要电话呢，毛小钰那头就把电话挂断了，这都晚上了，一个女人还能有什么事儿？朱梦来心里又开始胡思乱想了。

第二天上班的时候，朱梦来坐在办公室里，还有点心神恍惚，这是糖尿病患者的症状之一，精神不集中，浑身上下，有股不受控制的疲劳感觉。

接下来的几天时间，朱梦来工作都很忙，一直没抽出时间去医院检查，中间他倒是接到了毛明生打过来的一个电话，电话里，毛明生神神道道地问朱梦来："朱梦来，你现在是一个人吧？有没有在谈对象？"

朱梦来听了毛明生的问话，心里有些奇怪，点头说："怎么，你难道要给我介绍对象？现在整天忙工作，这方面的事情，实在提不起心思。"朱梦来推脱了一下，谈起这个话题，他的脑子里不由冒出了毛小钰的身影，朱梦来感觉自己都有些魔怔了，他自嘲地笑了一声，都四五十岁的人了，怎么表现得还跟一个年轻后生一样青涩。

毛明生没有说是，也没有说不是，他笑着说："我就是关心一下你的私人问题，毕竟是多年的老同学了，一个人单着，让人看了怪凄凉的。不过说实话，我这边倒是真有一个合适的人选，机会合适，给你们牵线搭桥，见见面总没有坏处，就算不成，当个朋友相处也不赖，毕竟多个朋友多条路嘛。"

朱梦来被毛明生说的话逗笑了，"没看出来啊，我们堂堂的毛董事长，竟然有当媒人的潜质。"开了一句玩笑话，朱梦来再没有顺着这个话题，继续深谈下去。不过，他先前倒是说的没错，他现在是真的不太愿意去找对象，但具体原因，却并不是因为什么工作忙啊之类的，而是他现在一心惦记着毛小钰。

按理说，朱梦来自身条件非常出众，相貌堂堂，长得斯文秀气，常年在公司担任高管职位，培养出了与众不同的成熟自信气质，虽然他人到中年，但身材保持的却是很好，没有当下中年人普遍的大肚腩，看起来倒是有股风流倜傥的成熟味道。

再加上，朱梦来平时没有什么恶劣的嗜好，他的空闲时间，几乎都在看书、练字、写东西当中度过了，可谓风雅之极，像朱梦来这种人，应该很受异性青睐的。

事实上，在这三年多时间里，确实有不少异性对朱梦来表达了好感，只是朱梦来眼高得很，在他心里，其实一直向往一种琴瑟和鸣的生活，伴侣也是一样，朱梦来心里寻思着，如果能碰到合意的人，那最好了，如果实在碰不到，朱梦来也不打算将就。

现在，他偶然之下认识了毛小钰，毛小钰身上，有一种非常特别的气质，这股气质，对朱梦来有着非常大的吸引力。有一种人，越是在意对方，越会表现的矜持，毫无疑问，朱梦来就是典型的这种人，他一直厚不起脸皮对毛小钰发起攻势，同时，朱梦来是个传统的人，他认为两人相识的时间还有点短，现在如果他主动表现出那方面意思的话，会不会显得太唐突了一些？

朱梦来在电话里跟毛明生闲聊了几句，这个话题揭过去了，都没有再提。朱梦来还以为这件事儿，毛明生也就是说说罢了，他自己并没有放在心上。

现在朱梦来正在办公室里跟曹正春下棋呢，曹正春性格豪爽，兴趣爱好也颇为广泛，下棋就是他的爱好之一。

可惜，他是个典型的臭棋篓子，还偏偏爱找朱梦来这种高手切磋，每次都被朱梦来杀得体无完肤。此时，曹正春这边的形势，又陷入了极其不利的局面，随时会被朱梦来搞死，曹正春脑袋拼命转动，寻求破解之法，可是思来想去，所有后路似乎都被朱梦来堵死了，看着就是一场死局了。

曹正春正打算找个借口，溜之大吉的时候，朱梦来的电话响了起来。

曹正春一看朱梦来电话响了，顿时显得眉飞色舞，高兴地催促朱梦来："快接电话，是不是工作上的事情，要不我们今天先杀到这里，全当平局，我们改日再战。"曹正春这话说得霸气凛然，恨不得现在就推翻棋盘。

"休想！"朱梦来在局势全面占优的时候，就暗中防上曹正春这手了。不得不说，曹正春的棋品，真是不咋地，"是我那个同学毛明生打过来的，不知道有啥事儿呢。"朱梦来说着，随手接起了电话。

"朱梦来，你中午有事儿没？我来深圳了，中午一起出来吃顿饭？"电话里。毛明生的声音听起来很幸福。

朱梦来顿时有些无语，说："不管怎样，你都是我们美华年轮公司的大董事之一，过来也不提前打个招呼，你在哪儿？我跟曹正春在一起呢，待会儿我们两个一起过去，给你接风洗尘。"朱梦来心里对毛明生是很感激的，毕竟在关键时候，毛明生出资帮他们度过了困境，这点，朱梦来记在了心里。

"曹正春也在？"毛明生那边沉默了一会儿，说："实话跟你说吧老同学，还记不记得前两天我跟你提起的事儿，我打算给你介绍的对象，她人也在深圳发展，今天人家刚好不忙，你要是觉得方便的话，就把曹正春带上好了。"

朱梦来听了，顿时有些无语，跟毛明生要了吃饭地址和时间后，朱梦来没打算对曹正春隐瞒，毕竟他的情况，曹正春知道得很清楚，在曹正春脸上泛起疑问神色的时候，朱梦来挂断电话，跟曹正春说：“毛明生要给我介绍一个对象，中午打算一起吃顿饭，你中午有请没？”

“相亲啊？”曹正春心里顿时燃起熊熊的八卦之火，“别说没请，就算有请也得推了，我可一定要看看未来嫂子长啥样。”

一听曹正春这样说，朱梦来顿时有些后悔叫曹正春了。不过说出去的话，就是泼出去的水，于是，这件事儿就这样敲定了。

第十六章　缘分

毛明生已经提前订好了餐厅，中午下班后，曹正春开着他的那辆奔驰轿车，载着朱梦来一起来到深圳市西贝餐厅。

一路上，朱梦来都显得有些心思不定，脑子里总是不时地浮现毛小钰的身影，不知道怎么回事儿，虽然明知道相亲不是什么作奸犯科的事儿，但朱梦来此时心里，总有种做了什么亏心事的感觉。

朱梦来是一个比较纯粹的人，不论对感情还是对工作，一旦认定，就会一根筋地走下去。朱梦来前妻去世后，他整整三年没有回家。若非这次清明节，在曹正春的撺掇下，回了一次家乡，见到年迈的老母亲后，他才幡然醒悟，否则，那种哀伤回避的状态不知道还要持续多长时间。

前段时间，火烧工厂后，朱梦来一根筋的性格，也表现得淋漓尽致。现在科技这么发达，排水完全可以使用当下先进的排水设施，但朱梦来为了赶那一天的时间，愣是带头发动群众，扛起铁锹，进行大规模的人工手动排水，并且在他的坚持下，取得了非常显著的效果。经过这件事儿，朱梦来彻底在美华年轮公司站稳了脚跟。

可以说，朱梦来的一根筋性格，给他的生活和工作，带来极大利益的同时也伴生着不少弊端。但都几十年了，很难改变了，这是性格根子上的东西，俗话说得好，江山易改本性难移，这句老话，还是很有道理的。

今天，相亲这件事儿让朱梦来性格里面一根筋的东西又不由自主地表现了出来。

虽然朱梦来自己也知道，这种一根筋的坚持，有时候实在显得不可理喻，但是他根本不能控制自己心里冒出这样的想法。

其实朱梦来也在努力克制着这种习性，从今天的表现上就能看出来，虽然他心里一万个不愿意过来相亲，但还是跟着曹正春，在约定饭点前赶了过来。

而朱梦来之所以不愿意过来相亲的原因很简单，就是因为在他心底深处，已经提前住进了一个人的身影，那就是他刚认识不久的毛小钰毛医生，毛医生的身形、样貌、气质无一不吸引着朱梦来。

看到毛小钰医生的第一眼，朱梦来就感觉自己仿佛是在沙漠中遇到甘霖一般，想要拼命地向对方靠拢。所以这几天，朱梦来的状态不是很对，表现的总是患得患失，像个青涩的初恋小伙子似的，从这点来看，对于八竿子打不着的毛小钰来说，朱梦来是打心里上了心的。

“哟？怎么，都这么大岁数的人了，相个亲还紧张了？”曹正春一路上心里都在偷笑不止，不时打量身边的朱梦来两眼，朱梦来脸上的神色，在曹正春看来完全就没有必要嘛。

现在这个时代，大龄成功男找青春小女孩儿，实在是一件太正常不过的事儿了。以朱梦来的身份和工作，他怎么都算当下的成功人士，在大都市有房子有车子，还有存款，人长得方方正正斯斯文文，同时还非常有才华，这样的单身男士，简直打着灯笼都难碰到了。

曹正春心里时不时想着，若是把他和朱梦来掉个个儿，以他的性格，现在身边早就小姑娘成群了，哪里会像朱梦来一样，硬是一个人孤苦伶仃地过了这么多年，这点在曹正春看来，简直就是一件不可想象的恐怖事情，那可不是一天两天，一个人孤独熬过来，尤其他还不是七老八十的状态，光是想想，曹正春后背就要冒冷汗。

反正曹正春知道自己是办不到的，这样的苦行僧生活，曹正春就算死也不愿意过。

听着曹正春的调侃，朱梦来摇着头笑了笑，没有辩解，面对别人的八卦，最好的处理方法就是沉默。一个巴掌拍不响了，八卦也就八不起来了。更何况，现在朱梦来本来就有些后悔带曹正春过来了，自然更不愿意跟曹正春多说这方面的事情了。

“啧啧！瞧瞧你那青涩的小模样，这可不符合我们美华年轮公司朱副总经理的气场呀，朱梦来呀朱梦来，不要紧张，有老哥帮你把关，没啥好紧张的。”曹正春笑眯眯的，摆出一副老大哥的姿态，拍了拍朱梦来的肩膀，有些幸灾乐祸地说着。

两人把车子停好后，正要从地下车库坐电梯上楼的时候，朱梦来电话再一次响了，是毛明生打过来的催促电话，他和女方已经在标间里坐下了。

曹正春得知毛明生打电话的来意后，开口抱怨朱梦来，说：

“你就不听我的，我都说了，你的终身大事要紧，不就是一盘棋嘛，我们哥俩啥时候下不好，偏偏要下完，这下可好，让人家女方先到了，简直太失礼了！”曹正春心里有点郁闷，他倒不是郁闷失不失礼的问题，而是，那盘棋，不出所料的，他被朱梦来杀得丢盔弃甲，凄惨万分。

朱梦来斜眼看着曹正春，脸上露出一丝微笑，说：“看样子还不服气？不服下午继续？我这儿专治各种死鸭子嘴硬。”

曹正春非常聪明的没有搭话茬，他嘿嘿干笑了两声，说：“下棋的事儿，等空闲了在谈，正事儿，先忙正事儿要紧。”

两人坐着电梯，直接来到三楼餐饮部门零点区。深圳这家西贝餐厅，零点区和宴会区是分开的，虽然是一个厨房，但厨房也划分得非常细，零点师傅的手艺，明显在宴会师傅之上，倒是在全国都非常有名。

两人跟着咨客的指引来到餐厅雅间，毛明生早就等不及了，正站在门口等他们两个呢，估计等了有一段时间，看模样，急得都快要跳脚了。

盼星星盼月亮，总算看到朱梦来和曹正春从过道口出现了，毛明生这才收敛起他那望眼欲穿的焦急表情，上来一把拉住朱梦来的手臂，语气略微有些责怪，问道：“不是提前给你通知时间地点了吗？怎么还晚了这么久？”

朱梦来摇头苦笑，看着毛明生，歉意地说：“路上塞车，深圳的交通，你懂得，刚好赶上了下班高峰，人流量大得很，能这么快赶来，已经要谢天谢地了……”朱梦来一边说着解释的话，一边跟着毛明生走进了雅间，当他看到雅间里坐着的那位女士的时候，朱梦来到嘴边的话，顿时如同卡了壳一般，再也说不下去了。

雅间里，这位跟他相亲的女士，不是别人，正是这几天令他魂牵梦绕的毛小钰毛医生。

“毛医生，这也太巧了吧！”朱梦来脸上的惊喜神色一闪而过，他万万没有想到，与他相亲的对象竟然会是毛小钰，如果早知道是她的话，朱梦来还硬拉着曹正春下什么棋啊，早就屁颠屁颠地赶过来了。

不穿医生专属白大褂的毛小钰，穿上便服，浑身上下透露出一股优雅的味道。她今天略微画了些淡妆，妆容精致，五官看起来，倒是与朱梦来印象中的那个神情冷淡的毛医生，略微有些不一样了。

看到朱梦来进来，毛小钰也不禁愣了一下，脸上露出意外的表情，惊讶地问朱梦来：“我表弟跟我说的相亲对象，不会就是你吧？”

毛小钰没敢马上确认，因为曹正春紧跟着朱梦来走进了雅间，毛小钰有点琢磨不透情况了，担心闹个乌龙出来。

朱梦来使劲地点着头，笑着说：“可不就是我嘛，今天不上班？”

“你们两个竟然认识啊，这倒太好了，省下我再费口舌介绍了。”毛明生看到两人竟然认识，对于他这个介绍人来说，倒也算一个意外之喜了，急忙招呼几人坐下，吩咐服务员上菜。

中国人谈事情，与西班牙人有的一拼，都喜欢饭桌上谈，边吃边谈，才能谈出点味道来，生意也好，感情也罢，基本上都离不开饭桌。

话说曹正春进来后，看到端庄秀雅的毛小钰，着实被惊艳了一下，在来的路上，他脑袋里倒是脑补了不少东西，寻思着朱梦来的相亲对象，应该是怎么样的一副模样。

想来想去，都与黄脸婆无下限的重合着，毕竟曹正春还是比较好年轻这一口，但他万万没有想到，朱梦来这个相亲对象，竟然这么出众，他自己心里都忍不住有些小悸动了。

于是，在饭桌上，一向作为主导人物的曹正春，今天非常罕见的沉默了，再加上他天生的一副成功人士派头，倒是显露出几分深沉的味道出来。

朱梦来跟毛小钰主动介绍了曹正春，笑着说："曹正春也是我们江西老乡，他在深圳，可是大名鼎鼎的成功人士，我顶头上司，我们两个是好朋友。"

曹正春笑着跟毛小钰点头示意，倒不是曹正春矜持，他也想跟毛小钰握手啊，可是曹正春愣是忍住了这股冲动，毕竟今天毛小钰的身份，是朱梦来的相亲对象，虽然握个手不至于有多大问题，但男女之间，有身体接触，总不算一件太好的事情，尤其他对于朱梦来非常了解，知道朱梦来是一个传统的男人，对这方面的东西看得很重。

更重要的是，曹正春从朱梦来的神态上看了出来，朱梦来是真的心动了，一改来路上的颓势，进入标间看到毛小钰后，整个人的青春气息似乎都焕发了出来了，就像变了个人一般。认识朱梦来这么久，曹正春还从没有在朱梦来身上看到他露出过这幅神态。

曹正春一方面心里暗暗替朱梦来高兴，另一方面，他又略微有些压抑。人这个东西，最怕的就是对比，与毛小钰一对比，他那位从江西宜宾老家，特意千里迢迢赶过来找他的小姑娘，反而显得有些浮躁了。这让曹正春心里，有些不对味儿。

借着这个机会，朱梦来终于要到了毛小钰的手机号码，就像达成某种极难完成的愿望一般，朱梦来脸上、心里都是美滋滋的。虽然还在这儿吃着饭呢，朱梦来心里已经开始寻思这顿饭过后，两个人该怎么增加感情温度呢？

朱梦来其实是一个浪漫的男人，他的心里，瞬间冒出来多种约会方案，又一条接一条的被他自己否决了，总之，此时在饭桌上的朱梦来，是纠结并快乐着，一直笑眯眯的，显得心情非常好。

对于朱梦来，毛小钰心里其实并不讨厌，相反，像她这种气质出众又经济独立的女人，对于朱梦来这种成熟男人，是很少会有太多抵抗力的。再加上两人先前意外认识，然后又是一系列的巧合。缘分，似乎来了一样。

看着这个架势，毛明生脸上露出了欣然的微笑，他似乎看出了成功的苗头，心里替朱梦来和表姐高兴。

这顿相亲饭局快到尾声的时候，有件不合时宜的事情发生了。

倒不是说席间，朱梦来说了或者做了什么不合礼数的事情，而是他的电话响了，是公司业务上的事儿，而且还是一个不算太好的消息，他们在家具产品展览会上，一炮而红的家具产品，在质量上出了问题，遭到了客户情绪激动的投诉，甚至，这件事儿还闹到了电视台。

公司员工把这件事儿的来龙去脉跟朱梦来讲清楚之后，朱梦来的眉头直接皱了起来，好心情被破坏无疑了。他用简洁的话语，跟曹正春以及毛小钰、毛明生，说明了电话里的内容，然后表示出需要马上赶回公司处理。

反正饭也吃得差不多了，朱梦来也终于达成了愿望，留下了毛小钰的联系方式，感情这事儿万万急不得，虽然两人先前认识，但那种认识，与这样有相处愿望的认识又不一样，毛明生在中间的穿针引线，倒是等于给朱梦来和毛小钰，打开了一个相互了解、试探的大门，可谓把两人的关系，直接促进了一大步，少了很多中间让人患得患失的事情。

出来的时候，朱梦来不由分说地结了账，他说，这次本来就是他来迟了，就算赔礼了，然后跟曹正春用最快的速度赶回了公司，现在客户已经带着电视台的记者闹到了公司里面，他们必须尽快地赶过去处理。

第十七章　闹事儿

美华年轮行政办公区域还在原厂区，这里虽然属于工业园区，但地段并不算太偏僻，这个时候，美华年轮公司外面围了一大堆看热闹的人群，兴师动众的媒体，对美华年轮公司指指点点，低声议论着。

朱梦来和曹正春赶过来的时候，场面很混乱。

行政部经理正在与闹事的人周旋，同时吩咐保安，阻止媒体拍摄，毕竟这种事情，事关企业形象与安危。尤其现在的媒体，作风没有底线，为了提高曝光率，什么东西都敢乱写，如果被他们大肆渲染的话，美华年轮公司的名声，就算不臭，也要被他们搞的满身腥气了。

“先生，产品出了问题，您大可与我们反馈，还把媒体招来，这事儿闹得是不是有点过了？”行政部经理脸色不太好看，但毕竟他们理亏在先，所以尽管他心里不高兴，但还是压着性子，希望闹事的人能收敛一些。

“有点儿过了？”闹事人是个中年男人，看穿着打扮，应该是卖家具产品的私人小老板，他非常愤怒，指着行政部经理的鼻子破口大骂："我前前后后联系你们售后客服多少次了？有一个搭理的人没？你们怕把名声搞臭？就因为通过家具产品展销会，看到你们公司的势头不错，这才鬼迷了心窍，弄了一批货回来，结果卖出去以后呢？你们这批不合格的破烂产品，直接把老子的名声搞臭了，这事儿没完，别以为仗着你们是大公司，就能欺负人，就算闹到法院，我也要跟你们硬抗到底！"

"先生，您消消气，客服工作人员的问题，根据您的投诉，我们肯定会调查处理，您别太激动，大家都是做生意的，谁也不容易，既然事情已经发生了，我们双方坐下来，看看怎么才能把事情解决圆满了，这样生气发火，根本起不到什么作用，您说呢？"行政部经理看到闹事人表现出来的态度，知道今天这件事儿棘手了，没办法，只能压着性子，继续跟人家赔礼道歉，希望谋求一个合理的解决方案。

"你算哪根葱？你有什么资格跟我说话？名声损失费，一口价一百万，能做主你就给我拿一百万出来，做不了主，就叫你们老总过来，你哪凉快哪待着去，少在这里跟我装大尾巴狼。"这个闹事人看到行政部经理态度软下来了，气焰顿时更加嚣张了，叫嚣的也更厉害了，反正就是一个字，闹，使劲儿的闹，反正他是受害者，他又不理亏。

曹正春脸色也很难看，他的表情有些阴沉不定，出了这种事儿，如果处理不好，肯定会给公司带来致命的打击，因为现在是一个媒体高度开放的年代，名声搞臭了，美华年轮公司肯定要完蛋。

"怎么办朱梦来？有没有什么好办法？！"曹正春一筹莫展，

这种情况实在太不好办了。

朱梦来的眉头也皱了起来，这样闹下去总不是办法，“这样吧曹正春，总要有人出面解决，我先跟他谈谈吧，这种事不能硬来，毕竟我们理亏在先。”

曹正春点点头，提醒了朱梦来一句，说：“就怕是其他竞争公司搞恶意竞争，你注意提防这点。”

“知道了。”朱梦来说着走下车，向人群这边走过来，这么一会儿工夫，那个闹事儿的人，闹得更凶了，摆出一副完全不讲理的架势，朱梦来眉头簇起，这种撒泼打滚的人最难应对了，软的不行，硬的也不行。

朱梦来看出这个人不是一个讲理的人，他边往这边走，心里边飞快地想着应对方案，寻思怎么做才能把弊端最小化。

行政部经理正头疼呢，他已经快被这个闹事儿的中年人搞的没脾气了，看到朱梦来迎面走过来，行政部经理顿时长长地松了一口气，他脸上露出喜色，正所谓天塌下来有个头高的人顶着，在行政部经理眼里，朱梦来就是那个个子高的人。

“朱副总，您亲自过来了？”行政部经理表情恭敬地跟朱梦来打招呼。

朱梦来对行政部经理点了点头，故意没有理会闹事儿的人，他知道跟这种人讲话，肯定是那种典型的秀才遇到兵，有理说不清。朱梦来目光沉着地盯着行政部经理，问他：“具体发生了什么事儿？这么多人聚集在这里，还有媒体跟踪报道，这是要搞什么名堂？”

这就是朱梦来的聪明之处了，他故意装作不知道发生什么事情的样子，没有一上来就跟闹事儿的人纠缠，这样的话，其实变相等于，闹事儿人前面发泄出来的东西，对朱梦来都没有啥影响了，问题到了这儿，又重新起了一个新头。

行政部经理倒也很配合朱梦来，当着众人的面，对朱梦来说："朱副总，情况是这样的，这位先生说，他在家具产品展销会上，购买了我们美华年轮公司的一批家具，但这批家具都出现了问题，引起了他名下顾客的投诉，这才拉着媒体来我们总公司找说法。而且他刚才说了，要我们赔偿一百万，不然法院上见。"行政部经理用简洁的话语，把事情的来龙去脉跟朱梦来描述了一翻。

朱梦来点点头，哦了一声，还是没有搭理闹事儿的人，而是依旧看着行政部经理，继续问他："这批有问题的家具，究竟是不是我们公司的产品？这点能确定吗？"

行政部经理点点头，继续非常配合地给朱梦来报告，说："生产监督部门的员工已经过来查看了，这批家具，确实出自我们美华年轮公司的生产厂区，另外，这位先生手上有我们公司出示的发票、收据以及公章章印等证明材料。"

"新来的，你是这家公司的副总？这件事儿你说怎么办吧？你们公司出产伪劣产品，坑害老百姓，这件事儿不解决，今天我跟你们没完！"闹事儿的人听到了两人的对话，他顿时觉得自己更在理了，看到朱梦来一直不搭理自己，闹事儿的人，自己有些绷不住了，跳出来主动找朱梦来说话。

朱梦来终于看了一眼闹事儿人，只是对他点了点头，但还是没有跟他说话，问行政部经理："生产监督部门对于这件生产投诉故障怎么看？"

"生产监督部门的员工经过检测之后，承认是他们的监督工作失职，主动请求公司处罚。"行政部经理老老实实地回答着朱梦来的问题，他搞不懂朱梦来为啥要问这些，不过在行政部经理的心里，对朱梦来却是有种莫名的信任，因为他发现朱梦来在问话的时候，有一种非常特别的气场，那个嚣张跋扈、蛮不讲理的闹事儿人，在这个文质彬彬的朱副总面前，似乎被压了一头，气焰看起来也没有刚才那么嚣张了。

朱梦来点点头，说："辛苦你了，我明白事情经过了，你去忙你的工作吧，这里我来处理。"朱梦来看起来胸有成竹，倒不是说他一直胸有成竹，而是在通过与行政部经理的对话当中，一边再次了解事情经过一边故意借助着对话，拖延时间想对策。随着两人对话的深入，朱梦来心里逐渐理清了思路，在他对行政部经理说他来处理这句话的时候，朱梦来心里已经有了一套初步解决方案了。

行政部经理对朱梦来表情恭敬地点点头，微微退后了两步，但他没有离开，而是站在一旁，他要看看朱梦来要怎么处理这件事儿，这是一种非常好的学习机会，错过的话，有些可惜。

"你们几个是干吗的？这是厂区，不准拍摄采访，走，你们几个跟我到保安室坐下登记备案。咦？朱副总，您怎么也在这里？朱副总好！"六七个身材雄壮的安保人员，对几个扛着采访器材的媒体人喝了两声，看到朱梦来后，顿时恭恭敬敬地跟朱梦来问好。

朱梦来对几个保安笑着点点头，说："媒体朋友不常来，今天既然进来了，正好能帮我们美华年轮公司做个宣传，你们不忙的话，就辛苦一下，在这里帮忙维持下秩序。"

"这个……好的！"保安队长心里嘀嘀咕咕，他接到的命令，是把这几个媒体人轰出去，但现在朱副总既然开口了，保安队长自然不会跟朱梦来对着干，当场安排手下保安分散开来，临时维护起了秩序。

那几个媒体人，心里都不禁对朱梦来起了好感，心想，怪不得人家能坐到副总的位置，这办事儿气度就是不一样。

不知不觉间，朱梦来成了这里的中心，摄像机正对着朱梦来的脸部，面对镜头，朱梦来脸上带着平和的微笑，虽然现在不是接受采访的时间，朱梦来却允许他们拍摄。朱梦来把目光放回了那个闹事儿人的身上，笑着问他：“你好，你是私人家具店的老板？店里生意怎么样？现在生意不好做了，赚两个钱，倒是挺不容易的。”朱梦来像唠家常似的，根本不提赔偿的事儿，就像没听到过闹事人提出的要求一般。

“少跟我虚头巴脑的来这套，我前面说得很清楚，你手下的那个员工也给你转述的明明白白，我就要一百万赔偿，赔了，这件事儿算揭过去了，不然的话，我们耗就是了，反正我的名声都快被你们公司这批家具搞臭了，你们害的老子做不了这一行，老子也不能让你们好过！”自从朱梦来过来之后，闹事儿人感觉自己的气场有些弱了，就像被压制了似的，这让他心里不太舒服，听到朱梦来跟他平和的问话，这个人从心里来讲，是想着应和朱梦来两句，但是这么一来的话，不就显得他被对方牵着鼻子走了吗？

闹事儿人心想，这怎么行？必须把气氛重新搞起来，否则的话，转转悠悠的，一会儿指不定被这个副总级别的人物带到哪条阴沟子里面去了。

朱梦来面带微笑看着闹事儿人，在闹事人噼里啪啦发泄情绪的过程当中，朱梦来的脸色，全程没有变化，一直保持着微笑，等闹事儿人说完了，朱梦来这才对闹事儿笑着点点头，直接从兜里掏出一张银行卡，微笑着说："这张银行卡里面的钱，是我的私人积蓄，里面大约有一百一十万左右，这张银行卡可以给你，那多出来的十万，也可以一并作为赔偿给你，但是我需要问你几个问题，你必须诚实地回答我，怎么样？"

"好，你问。"闹事儿人看着朱梦来手里的银行卡，愣了半天，眼里冒出贪婪的光芒，闷声应了一句，答应了朱梦来的提议。

"你还是很讲道理的嘛。"朱梦来笑着调侃了一句闹事儿人，问他："你的家具店是在哪儿开的？规模多大？一年的成本以及盈利大概是多少？"

闹事儿人暗中翻个白眼，他还以为朱梦来要问什么了不得的问题呢，"就在深圳建材城里，上下两层楼，地理位置不错，租金一个月二十万，一年销售在一千万左右吧，但抛去乱七八糟的开支，一年的纯利润，也就是八九十万的样子。"这是闹事人早就算好的账，不然他也不会开口就要一百万了。

"嗯，生意做得挺大，私人家具店老板，能做到你这么大规模的，应该不多吧？你入这行多久了？我猜测，在深圳市建材城那一块儿，你在同行眼里，应该是数一数二的人物吧？"

"那是！干了快三十个年头了，名声都打出去了！"闹事儿人脸上露出骄傲的表情，随即被愤怒取代，怒气冲冲地说："这三十年来，说实话，我也不是没遇到过产品出现质量问题的情况，但人家都解决得很顺当，再看看你们美华年轮家具公司的客服，我呸！什么玩意儿？！我一天打几十个电话，要么不接，要么接了应付拖拉，行啊，既然你们要给我添堵，那我就来硬的，谁怕谁？！”

闹事儿人露出光棍架势，显然真是被逼急了，看来，这是一位急脾气的主儿。

第十八章　异性那点事儿

“非常感谢您提出的建议，这种情况我还是第一次听说，客服这件事儿，我会亲自跟进的。”朱梦来表情诚挚地看着闹事人，对他表达出了感谢之情。

“干了将近三十个年头，突然不做这个行业的话，你打算接下来干什么？现在有没有新的计划？说出来我帮你研究研究。”朱梦来说着，对闹事儿人眨了眨眼睛，又继续微笑着说：“不瞒你，我在市场定律这一块，倒是颇有研究，尤其对市场未来走向，更有一套理论和实践相结合的经验，我相信以我的经验，应该能帮助到你。”

“这个……”闹事儿人踌躇了，犹豫了半天，他说：“这个我还没有想好，慢慢走着看吧。”

“这样啊……”朱梦来抬起左手，一根接一根摆弄着自己的手指，自顾自地算着一笔账，说：“在深圳生活，开销不小呀，孩子的费用，少说得五到十万左右，日常开销购物，数目也不小，再加上乱七八糟的商业保险以及部分消耗品等开销，一年下来，生活想要过的优质一些，没个五六十万下不来吧？”

“按照你的情况来计算，一年将近一百万，除去五六十万开销，还能有四五十万的纯积蓄，这个收入，在深圳虽然不能说拔尖，但至少也属于富人那个层次了。这是你用将近三十年时间换来的东西，我在想，如果你突然不干这行的话，你究竟该做什么，才能维持这个收入水平呢？”

“这……”闹事儿人张了张嘴巴，想说什么，没有说出来。

“其实吧，你的心情我非常理解，是人就有三分火性，我们还是回到那个老话题，如果说你已经另行谋好了新规划，我二话不说，这张银行卡直接给你，区区一百万来万，解决这件事儿，对我们来说，与收益相比，是绝对值得不能再值了。但是很显然，你对未来生活并没有合理优质的规划，在这种情况下，说实话，别说我给你一百一十万，就算我给你二百一十万，也不是帮你，而是害了你！”

朱梦来脸上的表情很真诚，看着闹事儿人，脸上的微笑收了起来，他继续说：“看你年龄，应该跟我一般大，我有个女儿，今年二十五岁了，虽然说女儿是小棉袄，大花销上，相对男孩儿来说，要少了很多，但就算这样，我每年在女儿身上的花销，都在十万左右，这还不包括她自己工作赚的钱，你的孩子应该差不多也是这个年龄吧？方便说下是儿子还是闺女吗？”

“儿子，二十八了，我儿子很优秀。”提到儿子，闹事人脸上露出骄傲的表情。

朱梦来笑着点点头，说：“花销不小吧？深圳一套房可不便宜，压力是不是很大？做父母的都很难，希望给子女把未来的路，铺的平平整整，不想成为儿女的负担，所以，我想真心实意地问你一句，为了眼前区区一百来万，错过以后的一千万甚至两千万，以及晚年优质的、不给儿女增添负担的生活，值得吗？”

朱梦来没有等闹事儿人接话，而是继续说：“所以，我给你两条规划，第一，我们都是成年人了，做生意难免遇到各种各样的事情，那批有问题的家具，也就十多件，加起来三十万不到的样子，这批家具，我可以做主，给你重新置换，另外，我以公司的名义，赔付你三十万损失费，除此之外，我负责解决你名声的损失问题。”

“解决？你怎么解决？”闹事儿人有点好奇了，确切来说，他被朱梦来说的打动了。

朱梦来笑着指了指正在全程拍摄他的媒体，说：“他们就是最好的解决途径，你可以联系你的那批顾客，让他们关注这家媒体的节目，同时，他们的损失，不用你私人垫付，损失费，我们美华年轮公司出。”

“看电视节目，能解决什么问题？”闹事儿人心里还有些迷糊，他搞不懂朱梦来葫芦里卖的什么药了，说实话，听了朱梦来上面说的话，闹事儿人心里已经对朱梦来有些服气了。但是他左思右想，都搞不懂朱梦来通过媒体，能搞出什么名堂来？

朱梦来很快用行动给出了答案，他接下来的一系列动作，如果找个最合适的形容词来形容的话，那就是两个字，效仿。

效仿知名企业海尔公司处理不合格产品的办法，首先召集了美华年轮全体员工，包括下属公司的员工，然后当着全体员工以及媒体的面，把那批价值三十多万的家具产品，直接打砸之后，一把火烧了。最后，朱梦来总结说：“本来，按理说，处理质量有问题的家具，不需要采取这么激进的手段，但是，今天当着诸位员工同仁的面儿，我放的这把火，烧的不是家具，而是决心，是我们祛除糟粕的决心。”

美华年轮公司主动烧质量出现问题的家具这件事儿，通过媒体的渲染，传播的很热烈，尤其在如今信息高度自由发达的年代，多家大型门户网站上，把这件事儿当作头条来报道，引起了民众们的热议。

而美华年轮公司，针对这批质量家具，做出的举措，不仅消除了公司有可能面临的负面影响，反而把名头直接传向了全国各地。

朱梦来，他则成了美华年轮公司的标杆性的人物，名声甚至盖过了公司总经理曹正春。

面对这样的情况，曹正春一方面心里很高兴，毕竟等于借着这件事儿做了个超级大广告，广告成本前后加起来，才不到七十万的样子，而另一方面，曹正春心里又略微有些发堵。

曹正春性格张扬，习惯在公司说一不二，拥有着绝对权威，虽然他在名义上，是公司里面绝对的大掌柜，但是朱梦来出的风头太大了，让曹正春在公司的存在感，无限削弱，这是曹正春打心里不愿意看到的场面。

不过，虽然曹正春心里不太舒服，但他没有表露出来，在明面上，曹正春似乎与朱梦来的关系更加要好了。

处理完这件事儿后，朱梦来直接在深圳市出了名。

“行啊，看不出来嘛，你看起来文质彬彬的，想不到还有火烧家具这么霸气的一面啊？”这是朱梦来与毛小钰打电话的时候，毛小钰调笑朱梦来的原话。

朱梦来嘿嘿笑着，在电话里跟毛小钰谦虚了一番，他也没想到，他无意间效仿的举动，产生出来的效果竟然会这么好，这跟当下媒体发达、网络信息量巨大有着分不开的因素。

“你这几天有时间没？”结束了火烧家具这个话题之后，朱梦来突然神秘兮兮地问毛小钰。

“干吗啊？”毛小钰防备心十足，她可不是一个随便的女人。

“你先说有没有时间吧？反正我了解过了，你喜欢文学方面的东西，嘿嘿。”朱梦来笑得更加神秘兮兮了。

毛小钰在电话那头翻了个白眼，语气清冷地说：“拉倒吧，毛明生告诉你的吧？”毛小钰拿毛明生没辙，不过她对朱梦来的印象，其实很好，毕竟朱梦来在各个方面的条件都非常好，对于一个单身女人，尤其一个上了年龄又离婚不久的单身女人来说，吸引力蛮大的。

所以对于朱梦来，毛小钰从心里来讲，其实并不抗拒，人和人的缘分，有时候就是这么回事儿，说来就来了。

还别说，朱梦来的故作神秘，还真的勾起了毛小钰的好奇心。

毛明生交给朱梦来的情报没有错，毛小钰确实非常喜欢和向往文学方面的东西。她也有偶像，只不过，她的偶像与当下年轻人追明星不同，毛小钰的偶像，是历史中的人物，女词人李清照，李清照的词里，表现出来的那种愁绪那种意境，那种女人特有的细腻感情，都令毛小钰痴迷。

而她看起来稍显冷冽的气质，与李清照词曲的感染也是脱离不开关系的。除此之外，中外古典文学等毛小钰几乎都有所涉猎，可以说她是当下为数不多的古典文学爱好者了。

对于现代文学，毛小钰也并不抗拒。只不过，随着人们生活节奏的加快，快餐文学随之出现，使得绝大多数现代文学，显得有些浮躁，这是整体大环境造成的，为了生活，除了少有的坚持者之外，绝大多数现代文学的从业者，基本上都或多或少的与快餐文学挂上了钩。

“到底是什么事儿？不说我挂电话了啊？”毛小钰露出小女人一般的娇态，这是很少有的，从她这句话当中，朱梦来听出了毛小钰对他不太抗拒的心思，这让朱梦来一下子来了精神。

朱梦来感觉自己整个人都精神起来了，他没有再故作神秘，浪漫神秘只是增加感情的添加剂，如果添加的多了，反而会适得其反。

“这个星期六，广东省作家协会组织一次大规模的外出采风，目标地清远市，清远可是个好地方啊，环境优美舒适，气候宜人，是采风的绝佳去处。当然，除了有你喜欢的文学活动之外，更重要的是，我认为，我们是时候来一次说走就走的浪漫约会了。”

男女这点事儿，总要有个人主动，让女人主动，大多都不太现实，没确定的时候，朱梦来患得患失，但经过毛明生这档子意外撮合之后，朱梦来反而放开了心思，他不想错过，所以变得很主动。

“星期六？我那天刚好休假。”毛小钰淡淡地说了一句，说完之后，毛小钰又紧接着说：“我还要忙，不跟你说了啊。”便急匆匆地挂断了电话。

挂了电话之后，毛小钰拿着手机怔怔失神，她白净的脸上，出现了一丝红晕。毛小钰感觉自己的脸颊有些发烫，心跳也有加快的趋势，她哪里忙啊，只不过是找一个挂断电话的借口罢了。

与男人的主动一个道理，女人适当的矜持，反而会变成异性相吸的良性添加剂，毫无疑问，毛小钰的矜持，表现的恰到好处，那股隐隐散发出来的甜蜜味道，刚好搭在了那个点上，多一分腻了，少一分清淡了。

朱梦来则嘿嘿傻笑个不停，他是个相当敏感细腻的男人，从毛小钰电话里的反应上，朱梦来清晰地感受到那种让人心情飘荡的幸福感觉，他似乎嗅到了毛小钰身上传达过来的淡淡羞赧和矜持，她恰到好处的委婉答案，正好抓住了朱梦来心里的那个点，这个点就像猫咪的爪子一样，在朱梦来心里挠啊挠的，这是幸福的抓挠。

清远市是在一九八八年的时候，由国务院批准设立的市级城市，是广东省为数不多的古城镇之一。这个市级城市，有着悠久的历史文化底蕴，有中国温泉之乡、中国漂流之乡、中国龙舟之乡，以及中国优秀旅游城市和中国宜居城市之称。

这些称呼，足以说明清远市的文化传承和环境优美，这是一个令人向往的城市，它气候宜人，适合旅游观光，它文化底蕴深厚，适合文人采风。

星期六，朱梦来接上毛小钰，他们来到指定集聚地点，人不是太多，大约二十个出头的样子。这些人不是普通人，他们的职业，基本上都跟文学相关，几乎每个人，都配得上作家这个称号，这是广东省作协的精英人物，少则出版过一本书，多则靠写作为生，可以说是广东省作协的主干。

毛小钰对文学方面的东西，一向很关注，她认出了好几个名声不菲的作家，这让毛小钰激动之余，也不禁有些好奇，她低声问朱梦来："你怎么会跟这个圈子联系上的？你不会也是作家吧？我怎么没看过你写的文学作品？"

朱梦来清了清嗓子，笑得有些嘚瑟，说："有一种名号称谓，叫作笔名。"

第十九章　发现问题

作协去清远采风之旅，有毛小钰陪同，朱梦来的心情，就如同吃了蜜一样，甜丝丝的。虽然仅有两天的时间，但这两天，朱梦来感觉他跟毛小钰贴近了许多，是心的贴近，这种感觉，让朱梦来仿佛重新又焕发出来了青春一样，精神倍爽。

产品展销会上，因为那批有质量的家具，引起了一系列风波，虽然最后被朱梦来用效仿的办法化解掉了，但这件事儿，在朱梦来看来非常严重。

一个厂子的立厂之本，不是过人的销售、宣传手段，那些只是盈利辅助，真正的根本，还是在产品质量上面。

这个问题引起了朱梦来的重视，主抓产品质量这一项，被朱梦来提上了工作主要进程事项。这几天，对产品质量这个事儿，朱梦来着实上了不少心思，但是成效并不大，质检部门与生产车间之间，存在着严重的相互包庇行为。这是朱梦来上任后，第一次大发雷霆，直接在全体员工大会上对质检部门的相关负责人进行了严厉的点名批评，不仅如此，朱梦来还吩咐行政部、财务部，针对个别行为严重过失的员工，做了额外的严厉处罚。

按照朱梦来心里想的，他做的处罚力度，已经够大了，足够让某些员工肉疼了，以为能起到一定效果，但是，现在事实证明，效果甚微。

因为朱梦来在对生产车间进行产品质量抽查质检的时候，发现了在三号生产车间还有上次引发事端的质量问题。

三号生产车间主任，也是江西人，是跟着曹正春干了十几年的老人了。在厂子里，这位名叫胡雪峰的江西老乡，有很深的资历，再加上朱梦来也是江西人，胡雪峰每次看到朱梦来，都不会叫他朱副总，而是神态热情地走过来跟他攀交情。

朱梦来私底下也跟这个车间主任一块吃过饭喝过酒，这个人的性格，跟曹正春有八成相似，为人倒是豪爽热情，没什么小心眼，唯一的缺陷，就是他把这种义气情绪，或有或无地带到了工作当中。

胡雪峰是三号生产车间的主任，他手下的员工，平均资历要远远高出一号、二号以及四号生产车间的员工，对于这点，朱梦来心里还是蛮佩服的，知道这是胡雪峰的个人魅力，留住了老员工。

只是，在公司工作，最怕的就是遇到这种叫板资历的员工。

按照常理来说，三号生产车间的员工，都是有经验有资历的老手，在家具配件生产成熟度、质量把关上面，都应该比其他几个车间更稳健才对，但事实却是，那批质量有问题的家具产品正是出自三号生产车间。

胡雪峰在交朋友方面，很会来事儿，再加上他十多年的老资历，背后又有曹正春这座妥妥的大靠山，厂区里负责检查他们这个部门的质检组，对三号车间的质检工作，基本上很放松，这也是导致产品出现质量问题的原因之一。

上次闹事儿人带着媒体和问题产品过来闹事后，朱梦来就专门针对这个问题，对质检部门的个别员工进行了口头上的批评，因为质检部门，是一个家具产品公司，成品家具完善之后，经历的最后一道把关工作，如果这项工作做不好，相当于少了一分底气保障，广州产品展销会上的问题家具，就是最明显的例子。

可是，现在朱梦来意识到，他那次的口头点名批评处罚轻了，这才过去了几天时间，在朱梦来的亲自抽查下，又发现了家具的质量问题，这让朱梦来非常恼火的同时也非常震怒。

这些人简直就是屡教不改，在朱梦来看来，这就是公司里的朽木，如果任凭这些人这样应付下去，公司迟早会被拖垮的。现在美华年轮公司，虽然名声不错，销量也不错，但还没有达到能上市的程度，朱梦来来美华年轮公司工作，给自己竖立的第一个小目标，就是希望能帮助公司达到上市要求，从而正式跨入大公司的行列，毕竟，这是未来的发展趋势。

但是，现在质检部门玩忽职守的行为，不仅仅切实的损害了公司的利益，更是在给朱梦来竖立的目标路程上面，添加障碍，这是朱梦来不能忍受的，所以朱梦来这次非常干脆，不但把质检部的大领导做了降职降薪处罚，还连带着开除了两个质检问题上的直接负责人。

在朱梦来看来，他的这一系列行为，都是站在公司未来良性发展需求上而做出的决定，没有什么不对的地方。

如果排除工作的因素，朱梦来认为，他可以心平气和地跟那两个被他开除的员工吃饭喝酒，但就工作而言，朱梦来认为工作和私生活完全是两码事，不能混为一谈。

现在朱梦来眉头皱得很紧，胡雪峰正瞪着一双牛眼，跟朱梦来大眼瞪小眼呢。胡雪峰快五十岁了，两鬓也花白了，他的身材先天高大，此刻表情愤怒，看起来非常有威慑力。胡雪峰就这么喘着粗气站在朱梦来面前，一股压迫力油然而生。

胡雪峰快比朱梦来高出一个头了，朱梦来需要抬头略微仰视，才能跟胡雪峰对视上。朱梦来自然感觉到了胡雪峰带来的那种压迫力，不过朱梦来心胸坦荡，他的出发点，都是为了生产出更优质的产品，为了做出更出色的工作，并没有掺杂丝毫私人情绪在里面。

朱梦来面色平静地看着胡雪峰，说："两次产品质量出现问题，都是出自你负责的三号生产车间。"朱梦来从办公桌上，拿过一叠早就备好的资料，这是三号生产车间的人员资料，朱梦来跟胡雪峰对视，目光没有丝毫躲闪的意思，他继续说："在你们三号生产车间，资历最轻的员工，都有五年工作时间，五年，老胡，你告诉我，一个在生产部门待了五年的员工，意味着什么？"

胡雪峰哼了一声，直接脱口而出，说："资历，经验，技术，功勋，还有贡献，他们对公司忠诚，没有二心，把自己这辈子跟公司绑到了一起，我认为他们值得公司表扬和鼓励。"

朱梦来点点头，对于胡雪峰说的话，他心里表示赞同，但朱梦来心里还有他自己的意见，这是朱梦来站在他的立场和角度上，看出来的问题，这个问题不从根子上解决的话，朱梦来相信，公司以后在这方面的麻烦事儿，肯定还会源源不绝的出现。

"你说的不错，老胡，他们跟你的时间太久了，你对他们狠不下心来，我认为，一个真正忠诚于公司，真正爱戴公司，视公司为家的老员工，他首先是要做好属于自己的本职工作，平心而论，老胡，你认为他们做到这点了吗？”

“朱副总，我今天过来找你，不是谈我手下这批老兄弟问题的，我手下的员工什么样，我心里比谁都清楚，他们绝对优秀，这点毋庸置疑。我今天过来找你，主要有两方面的问题，第一，你开除那两个质检部门的员工，这件事儿太草率太不人性化了，我认为这件事儿有待商酌，我会针对这件事儿，跟朱总提出抗议的。”

“另外，你前两天跟我商量的那件事儿，我认为非常不妥，这样的安排，会打乱生产车间原本理顺的路线，会重新出现一段适应期，对于我们美华年轮公司目前的处境来说，这个方案，我认为行不通。”

胡雪峰的语气非常坚决，昨天晚上，那两个被朱梦来开了的质监部门员工，找到胡雪峰家里，跟他大吐苦水，毕竟，他们的工作失职，并不是说他们没有意识到这块问题，而是胡雪峰是他们的铁哥们，所以，这两个人一合计，给胡雪峰开了偏门，寻思帮哥们减少一些麻烦，拉他一把。

但是他们怎么都没想到，朱梦来竟然会因为这件事儿，直接把这两个负责人开除了，这让这两个同样有不浅资历的老员工，心里非常不服气，他们知道胡雪峰跟公司老总曹正春的关系，所以求上了门。胡雪峰当即拍着胸脯给这两个老兄弟下了保证，所以才会有胡雪峰一大早，就敲开朱梦来办公室的门，并且跟朱梦来大眼瞪小眼对视的一幕发生。

至于胡雪峰坚决反对朱梦来的第二点说辞，也是胡雪峰心里的真实想法，在他看来，朱梦来的这个举措，是在有意为难他，这让胡雪峰不能接受。

针对产品质量老出问题这件事儿，大批量的开除员工，这肯定是行不通的，朱梦来想出来的办法很简单，那就是四个字两个词，分化和重组。

把现有的四个生产车间的班底，彻底打乱，重新分组，然后确定新的规章制度，朱梦来相信，只要新规章制度能执行下去，产品质量这个问题，肯定能得到解决。

这个想法，朱梦来私下里也找其他三个生产车间的主任协商过了，那三个车间主任，对于朱梦来的想法，并没有持反对意见，甚至还纷纷表示了赞同，毕竟产品质量这一块总出问题，等于在给他们脸上抹黑，这三个车间主任，也都希望这个问题能得到改善。

但朱梦来没想到，事情到了胡雪峰这个资历最老的生产车间主任面前，竟然遇到阻碍了。

第二十章　解决问题

朱梦来面色平静地看着胡雪峰，他的语气也很坚决，说："这两件事儿都没有商量的余地，公司不是养闲人的地方，为了改善目前的生产车间风气，打乱重组，是唯一可行的解决办法，这已经不是简单的规章制度所能解决的事情了。"

"我会跟上面提出上诉的！"胡雪峰瞪着朱梦来，这个时候，胡雪峰的心情很不爽，在他心里，他是把朱梦来当老乡，当朋友看待的。在朱梦来刚进公司的那段时间，因为大火烧车间的问题，公司不得不临时租了一个废弃厂区进行临行加工生产。那几天恰逢连绵大雨，废弃厂区的排水又有大问题，那时候朱梦来提议人工排水，想当初，胡雪峰是第一个上去响应朱梦来号召的员工。

在胡雪峰看来，他对朱梦来工作的支持，已经用实际行动表达了，但是朱梦来如今的做派，给胡雪峰的感觉，有种卸磨杀驴的味道，这让胡雪峰心里堵得很厉害，觉得自己先前在朱梦来名下的付出，太不值得了。

朱梦来看着胡雪峰愤怒离开的不甘背影，眉头不由得皱了起来，毫无疑问，胡雪峰是个好员工，如果处朋友的话，他也绝对是那种肝胆相照，在遇到困难的时候，毫不犹豫鼎力相助的朋友，但是，如果作为领导的话，在朱梦来看来，胡雪峰是不合格的，至少在公司规章制度管理执行这一块，胡雪峰的表现，简直一塌糊涂。

他的性格就是这样，跟人品无关，非常容易意气用事，把工作和私人关系，完完全全混淆在了一起，这是个大问题。

朱梦来左思右想，觉得这件事儿有必要跟曹正春商量一下。

他没有去曹正春的办公室找他，而是直接通过公司的内部电话，拨通了曹正春总经理室的专属电话，曹正春这会儿人正在办公室呢，很快接起了电话。

“曹总，有件事儿，我觉得有必要商量一下，而且还迫在眉睫，不然的话，日后公司生产质量这一块，还会出问题。”朱梦来没有废话，打算直接进入主题。

“哦？这么严重？让我猜一猜，朱梦来，这件事儿肯定跟老胡有关系，对吧？”曹正春的声音清亮，听起来心情很不错，说话的时候，话语里带着非常明显的笑意。

朱梦来在电话这头点了点头，寻思曹正春怎么猜得这么准呢？肯定是胡雪峰从他这里出来之后，直接跑到上面找朱梦来讨说法去了，“没错，跟老胡确实有些关系，事情是这样的，我认为在车间主任这一块，我们还得另外找一个人过来辅助老胡，你跟老胡认识的时间长，比我更清楚他的性格，这样的性格，当员工的话，绝对是得力干将，这点我丝毫不否认，但如果作为一个专属部门的领导的话，以老胡的性子，他不太合适。”

朱梦来没有拐弯抹角，把他观察到的东西，直截了当地说了出来。

“这个……”电话另一头，曹正春略微沉默了几秒，想了想后采取了一种相对委婉的说法，跟朱梦来说：“朱梦来，我明白你的意思，但老胡跟我快小二十年了，先不说有没有功劳的问题，单单这份忠诚品质，就非常难能可贵，我们这样做的话，难免会让下面的老员工门心寒，所以你这个想法，我们要不要再缓缓？”

听曹正春这样说，朱梦来的眉头皱得更紧了，这不是他和曹正春第一次在决策上有分歧，只不过，以前遇到分歧的时候，曹正春还会跟他用商量的语气，但今天不一样，曹正春显然拿定了主意，在这个问题上面，不打算支持朱梦来。在朱梦来看来，曹正春这种不理智的行为，让他有些不能接受，毕竟工作和私人关系是两码事，混淆的话，太容易出问题了。

但是转过头来想一想，对于曹正春的想法，朱梦来心里倒是也能理解，毕竟曹正春是那种特别注重感情的人，他们两个，也正因为这点，才能相交并且成了非常要好的朋友。想到这里，朱梦来的语气也缓和了几分，说：“车间主任的位置，还给老胡留着，但是，朱总，老胡真的需要一个辅佐的人，您看这样行不，我们在三号生产车间的主任问题上，采取一种双领导的策略，一个主打感情牌，一个主抓生产，这样的话，问题或许能有所改善。”

这个想法，已经是朱梦来能做出的最大让步了，毕竟，让老胡这种性格独当一面，朱梦来心里很不放心，一群有经验、有技术、有资历的老员工，在老胡的带领下，直接变成了一群偷奸耍滑的老油条，在朱梦来看来，这个问题实在太严重了，不提前抓一抓，肯定会出问题。这还是再次抽查到了家具产品的质量问题，倘若是没有抽查到，这批家具直接卖给供货商，然后再有产品质量问题的事儿闹到公司的话，那么公司的名声，恐怕真要被毁了。

朱梦来心里顾虑这个问题，斟酌再三，跟曹正春提出了他的这个妥协的想法。

“可以考虑，只不过，这样的人才上哪儿找？你也知道，车间主任一般都要求熟练工，现在的熟练工种，不论放到哪家公司，都被当成宝贝一样供着，不好挖呀，你心里有靠谱的人选吗？”朱梦来的提议，听起来确实有可行之处，曹正春心里寻思一翻，其实他又何尝没意识到这个问题，只不过正如同他自己说的那样，胡雪峰跟着他混有小二十年了，做得太过分的话，真怕手底下员工心寒。

员工心寒，队伍就要散，队伍一有散的趋势，问题肯定会接二连三地找上门来。

“我心里确实有个合适的人选，我前面待得那家大型台资家具公司，公司制度改革后，有一批我手下的老员工，也跟着辞职了，其中就有一个车间生产主任，他在主抓规章制度这一块，有非常好的建树，这样吧朱总，我明天把他约出来，你们两个见面聊一聊，我相信你会对他满意的。”

对于朱梦来的提议，曹正春表示了赞同。

晚上下班后，曹正春打算叫朱梦来一起出去吃饭。曹正春身份摆在那儿，基本上每天吃请不断，但凡有跟公司业务相关联的饭局，曹正春都会第一时间联系朱梦来，让他跟着一起过去应付场面。

朱梦来想都没想，直接拒绝了。开玩笑，晚上他跟毛小钰约好了一块吃饭，朱梦来还寻思着，两个人吃完饭后，如果能一起顺道看个电影，那简直太完美了。

在和毛小钰吃饭的时候，朱梦来伺机透露出想要约毛小钰一起看电影的想法。在朱梦来看来，以他们两个人现在的熟悉程度，毛小钰应该不会拒绝。

而且从毛小钰脸上，朱梦来也看出了她意动的表情，本来朱梦来心里还窃喜着呢，寻思着这事儿兴许有戏，朱梦来都开始幻想待会儿看什么电影了，但他没想到，毛小钰最终拒绝了朱梦来的邀请，对老朱展颜一笑，说："下次吧，明天要出差，早晨得早起，待会儿吃完饭，我还要赶回去收拾收拾呢，不然明天早上弄得话，恐怕时间上会来不及。"

听到毛小钰因为正事儿才拒绝了他，这让朱梦来心里的郁闷，稍微减轻了几分，不过朱梦来心里倒是有些好奇，问毛小钰："去哪儿出差呢？大概走多长时间？是外出学习还是会诊呢？"

毛小钰跟朱梦来说了时间地点，原来是去成都，大概走半个月左右，主要是过去学习。朱梦来没有继续勉强，只是有意把吃饭的时间拖延了一会儿，在朱梦来心里，他可不愿意跟毛小钰这么快分开呢。

尽管朱梦来心里有一万个不舍，这顿饭还是吃完了，在送毛小钰回家的时候，朱梦来有些羡慕，说："还是你们这种公家单位好，时不时地给员工提供学习的机会，我们这种私人单位就不能比了，时间太紧了，一天到晚都是事儿，不然的话，跟你一起去成都看看，也挺好的嘛。"

毛小钰笑着眨了眨眼睛，在这瞬间，她脸上露出一股调皮的味道，但没有说话，只是从她脸上的笑容来看，朱梦来的这番话，毛小钰听了，心里应该很高兴，因为朱梦来非常明显的表达出了他对毛小钰的眷恋。

第二天，朱梦来睡起来给毛小钰打电话的时候，对方显示正在通话当中，朱梦来看了看时间，才六点多钟的样子，这么早，不知道毛小钰在跟谁通话呢。等了一会儿，估摸着时间差不多了，朱梦来准备再给毛小钰打个电话过去，他的手机上，倒是先提示来了一条短信。

看到短信息是毛小钰发过来的，朱梦来感觉自己的精神顿时振奋了一下，点开一看，原来是毛小钰准备上飞机了，给他发了一条讯息后，准备关机。

朱梦来一看信息内容，顿时想着趁着这点时间，把电话拨过去，看能不能听听毛小钰的声音。结果，打过去的时候，朱梦来失望了，对面提示，毛小钰的手机已经处于关机状态了，这让朱梦来心里不禁有些小郁闷。

放下心思的朱梦来，出去遛弯锻炼了一会儿身体，在吃早点的时候，朱梦来给他以前的那个老下属打了个电话，把他的想法，跟这个下属简单说了一遍，然后双方约好时间地点后，朱梦来这才心满意足地向公司赶过去了。

第二十一章　前兆

美华年轮公司，三号生产车间。

此时已经到了开工时间，但是十几个员工围城一排，在临时会议室坐着，这是一批美华年轮的老员工，以胡雪峰为首，年龄都四十开外了。

“峰哥，有小道消息说，上面不但要把我们打散重组，而且还要给我们派来一个新的车间主任，这明显就是针对您啊，那个姓朱的太过分了，他算哪根葱，才来公司几天，就要迫不及待地收拾功臣了，真是岂有此理！”一个老员工神色愤愤不平地说。他们这批人，跟着胡雪峰一起干，少的有五六年，多的上十年了，感情十分要好。

胡雪峰脸色阴沉，事实上，那天他去找曹正春的时候，曹正春已经把这件事儿跟他讲过了，当时听了后，胡雪峰心里很不是滋味。生产车间一共有四个，胡雪峰打听到，其他三个车间，并没有派遣新的车间主任，只有他们这个三号车间，做了这种安排，对于胡雪峰这个老员工来说，上面的这种行为，就是赤裸裸的在打他的老脸。

“不仅仅是这样，我还听说，新来的这位什么主任，他跟那个姓朱的有私人关系，我看这个姓朱的，看起来和和善善的，明面上打着为公司着想的说法，实际上想暗自吞权呢，他现在的行为太明目张胆了，明眼人都看得出来，姓朱的是在公司里面安排爪牙呢。”另一个老员工，面色同样很不好看，这段时间，他们这批人过得很不舒心，先是产品质量接二连三的出问题，紧跟着上面又做出要重组车间员工的打算，现在则更加过分，这一系列的举措，让这些老员工心里非常不能接受。

听了这个老兄弟说的话，胡雪峰的脸色顿时变得更加阴沉了，他们能看出来的东西，胡雪峰又怎么会看不出来呢？虽然胡雪峰性格豪爽，爱交朋友，为人没有什么小心眼，但并不代表他是傻子，很多东西，胡雪峰自己看得也很透彻。

“峰哥，说得自大一点，我们这批人，绝对是公司的功勋员工，如果没有我们辛勤无私地付出，公司根本走不到今天这一步，现在公司的举动，就是在卸磨杀驴，我们不能坐以待毙，我提议，为了维护我们的权益，我们罢工吧。”

胡雪峰看着提议要罢工的这位老兄弟，神色上有些意动，但他犹豫了一下，摇摇头说：“罢工影响太恶劣了，更何况，以我跟曹正春二十多年的交情，如果我带人罢工的话，就是明摆着拆曹正春的台，这件事儿还得商议，这样，你们先正常工作，我再去找曹正春谈谈，如果实在说不通的话，再谈罢工的问题也不迟。”

“嗯，行，听你的峰哥，为了以防万一，我再拉拢拉拢其他几个车间的同事，这几天吃饭的时候，大家都在传这个消息，对于车间打乱重组这件事儿，大家都有微词，毕竟光我们三号车间的兄弟，有点太势单力薄了，怕激不起太大的浪花。”

胡雪峰点点头，他的心里并不好受，但为了大家伙的利益，以及他心里的一口气，胡雪峰觉得自己别无选择，他叹了一口气，挥手遣散这批老兄弟，让他们现在去工作，他自己则向行政大楼赶过去，他要针对这两件事儿，跟曹正春认真谈一谈。

现在主厂区那边，因为消防安全问题，还没有解禁，从租借的新厂区，到主厂区那边，驾车大约需要四十多分钟的路程。

四十分钟后，胡雪峰驾车来到总厂区，他径直向曹正春的办公室走了过去，但是办公室门锁着，曹正春不在。

胡雪峰有心想给曹正春打个电话，但是想了想，还是算了，没有打，他打算就在这儿坐着等曹正春回来，这是胡雪峰表达他情绪的一种方式，他要用这种行为，表明他对这件事儿的坚定态度。

来往的行政后勤员工，看到胡雪峰闷声不吭地坐在曹正春办公室门口，有熟络的，跟曹正春打招呼，不太熟络的，只是盯着胡雪峰看上几眼，便匆匆走了。最终，有人把胡雪峰在办公室门口静坐的消息，偷偷汇报给了正在外面吃饭的曹正春。

这个时候，曹正春正和朱梦来，以及朱梦来新推荐过来的车间主任一块吃饭呢，接到属下行政部员工传达过来的消息后，曹正春的脸色略有变化，他对胡雪峰这个人太了解了，毕竟胡雪峰跟着曹正春干了快有二十年了。对于胡雪峰，曹正春心里还是有很深厚的感情。

曹正春自己也想过这件事儿，知道他们的这种做法，对胡雪峰来说，确实有些不太公平，但是曹正春也没办法，他也两头为难。一边是他花费无数精力，才邀请过来的朱梦来，而且朱梦来的工作效率，得到了公司上下的一致赞赏，而另一边，则是跟了他这么长时间的忠诚老员工，但朱梦来的出发点毕竟是为公司着想，曹正春虽然感情上过不去，但为了公司的未来，他只能选择支持朱梦来。

当然，曹正春在这件事儿上，从开始就没打算瞒着胡雪峰，他早就在私下里跟胡雪峰通过气了，现在从胡雪峰的举动上来看，胡雪峰心里的怨气不小，曹正春借着上卫生间，给胡雪峰打了个电话。

电话里，曹正春尽量把自己的语气放的很平和，笑着说："老胡，听说你在我的办公室门口坐了快有两个小时了？你这家伙，也真是的，我们哥俩什么关系，你有什么话，直接跟我说不就是了，这样搞，也不怕别人笑话。"

胡雪峰越坐，心里越是郁闷，他心里憋着一口气，这件事儿他想和曹正春当面说，他感觉在电话里说不清楚，所以胡雪峰闷着一口气，应了一声，没有说其他话。

曹正春心里叹气，知道胡雪峰的牛脾气肯定又犯了，曹正春笑着说："我刚好也要给你打电话呢，现在我正跟朱梦来还有那个新的车间主任一块在外面吃饭，人不错，挺好相处的，以你的脾气，你们两个以后肯定能搞好关系，地址就在西北阳光海岸这一块，你快点过来，工厂上的事儿，你最拿手了，有什么话，我们当着朱梦来还有那个新辅佐你的员工，一起讲清楚，不要把气一个人憋在心里，这没什么用。"

私下里，曹正春跟胡雪峰的对话很随意，说话语气内容都放的很开。

如果是平常，胡雪峰早就笑哈哈地跟曹正春搭茬了，但是今天，憋了一肚子想法的胡雪峰，气扭得的厉害，他没有答应曹正春的吃饭邀约，而是犟着脾气，闷声说：“曹正春，你们先吃饭，我不饿，我就在这儿等着你们好了，有些话，我想跟你单独谈谈。”

“你这个牛脾气……唉！”曹正春知道胡雪峰是什么脾气，没有强求，他只说了一句，他会在半个小时内赶回公司，然后便挂断了电话。

回到雅间，曹正春看到朱梦来和新的车间主任，两人正相谈甚欢，曹正春脸上露出欲言又止的表情。

“怎么了曹总？有事儿？”朱梦来看到曹正春脸上的表情，在有其他人的场合，朱梦来把身份层次看得很重，称呼曹正春为曹总。

“嗯，刚接了个电话，有点事儿，我得先赶着回公司一趟，朱梦来，你先陪我们这位新的车间主任吃着，吃完饭，你下午带着他到公司办手续吧。”说完，曹正春举起酒杯，跟朱梦来以及那位新的车间主任碰了一杯，喝完后，率先离开了。

一路上，喝了点酒的曹正春，显得有些心事重重，他感觉自己现在的头有些大，不用想，他都知道胡雪峰找他是什么事儿，这几天，这都是老生常谈的问题了。

揉了揉略微有些发晕的眉头，曹正春用最快的速度赶到了公司，看到胡雪峰像尊门神一样，在他的办公室门口静坐着，曹正春不由得愣了一下，随即脸上浮现出一丝苦笑，加快几步走过去，扶着胡雪峰站起来，边拿出钥匙开办公室的门，边看着胡雪峰，苦笑着说：“你呀你，这个脾气什么时候能改改呢？”

身材高大的胡雪峰，闷着一口气，说：“江山易改本性难移，这脾气惯了一辈子，改不了了，曹正春，我这次过来找你，还是那两件事儿，对于公司要给我们三号生产车间指派新的车间主任这件事儿，我手底下那批老兄弟，他们都颇有微词，觉得是公司不尊重他们的表现，毕竟公司的做法，有些太明显了，如果是给其他几个生产车间都指派的话，我们肯定没有二话，你也知道，我们三号生产车间的老兄弟们，都是美华年轮公司几年、十几年的老员工，听了这事儿，大家心里都很不舒服。”

“另外，再有就是生产车间打乱重组这件事儿，我私下了解过，不仅仅是我们三号生产车间，其他车间的同事们，对于公司的这项举动，也都有着很大的怨言。曹正春，我知道你们做这个决定的原因是什么，还不是那几个小质量问题吗？我承认，在生产质量的把关上，我这段时间确实做得有点疏忽了，但这个问题，严格说起来并不算什么大问题，以我们三号车间老员工的技术和经验，只要抓一抓，矫正过来没有任何问题。所以，我的建议就是这两点，希望你回去能认真考虑一下，毕竟这都是大家伙的心声，民意不可违背啊曹正春！”

胡雪峰直接开门见山，一口气把他想说的话，都直截了当地说了出来，这就是胡雪峰这个人的性格，有什么说什么，直来直去，从不藏着掖着。

“你的意思，我都明白，实话跟你说吧老胡，我也不瞒着你，现在朱梦来，在董事会成员那块，印象非常好，朱梦来的提议，已经在董事会决议上通过了，这件事儿，我现在也无能为力了。生产车间重组，对你影响不大吧？薪水待遇，还有职位，都不会变动，你为什么这么抵触呢？”曹正春有些奇怪地看着胡雪峰，他心里有些不解，不明白胡雪峰为什么在这件事儿上，这么较真呢？

曹正春心里的疑问，胡雪峰自然非常明白。事实上，胡雪峰之所以一直揪着这两件事不放，就是在刻意地针对朱梦来。因为胡雪峰从朱梦来的举动上，看到了巨大的威胁，而且，他也听信了手下老兄弟们的谗言，认为朱梦来的举动，就是在排除异己。

胡雪峰知道曹正春与朱梦来之间的关系，话说回来，他跟朱梦来也是半个老乡的关系，按理说应该很亲密，但是现在却矛盾重重。

胡雪峰把他听来的，朱梦来有排除异己的心思，跟曹正春说了，然后又说："不是我非要揪着不放，实际上，这都是我手下这批老兄弟以及其他几个生产车间同事们的心里想法，大家既然出来工作，肯定不能带情绪，如果带着情绪工作，不但对他们自身没有什么好处，而且对于公司来说，也不见得是什么好事儿。"

最后，这件事儿没有说通，因为曹正春把话说得很明白，虽然他是公司名义上的最大领导，但是这件事儿，已经通过了全体董事会的最终审议，而且在当初议论协商的时候，曹正春也没有表示过疑义，现在再跳出来反驳的话，实在有些不合适。也就是说，这两件事，基本上都已经定型了。

曹正春再次委婉地跟胡雪峰把这个想法说了出来，同时脸上露出了恳切的表情，对胡雪峰说："老胡，你是跟着我快二十年的老员工了，我们哥俩的关系，你我心知肚明就好，有我曹正春一口吃的，肯定不会少你老胡一口喝的，这件事儿你就多理解理解，毕竟问题先出在了你们身上，如果你们的质量问题，一如既往的过关的话，这种事儿肯定不会发生。前面闹事儿人带着媒体过来闹事的场景，你又不是不知道，当时还好朱梦来在关键时候，处理得当，不然的话，对公司的打击，绝对是毁灭性的。通过这件事儿，我其实就想找你过来谈谈这质量方面的问题了，但后来之所以没有找你，是因为我对你的能力有信心，认为你看到问题后，能处理好这方面的事情，但是后面具体发生了什么事儿，你自己也看到了吧？在朱梦来专程提醒了后，质量问题还是被查出来了，老胡，不是我说你，这件事儿在根子上，真是你们不对在先！”

曹正春把话说得很委婉，胡雪峰听了后，沉默了一下，他说：“我知道了，你的难处我能理解，只是手下这批老兄弟们的难处，也希望公司能理解，我怕他们有反弹心思啊。”胡雪峰若有所思地说完这句话后，跟曹正春告辞离开了。

第二十二章 罢工

曹正春看着胡雪峰高大的背影，眉头略微皱起，他听出了胡雪峰话语里的意思，曹正春心思有些烦乱，此时，他也认为朱梦来的做法有些过激了，毕竟朱梦来的手段太明显了，一共四个生产车间，朱梦来抓着三号生产车间不放手，引起躁动，肯定是必然的结果。曹正春心里有些愁苦，也略微有些埋怨朱梦来，觉得朱梦来在给他没事儿找事儿。

胡雪峰回到生产厂区后，召集了手下的员工，把他跟曹正春的谈话结果对大家伙儿说了，顿时引起了群情激奋。

“峰哥，没什么好说的了，我们罢工！”老员工们情绪都很激动，觉得他们的地位，受到了威胁和挑衅，他们要用实际行动对朱梦来的做法，做出有力、直接的回应。

老胡沉默地看着情绪激动的一众老兄弟，最终什么也没有说，只是脸色阴沉地点点头，同意了大家伙的提议，这个时候，似乎没有其他办法了，只能通过过激的罢工来维护受损的权益了。

朱梦来在外面陪他以前这个老同事吃饭呢，并不知道公司里面，暗流涌动的这么厉害。下午，朱梦来心情高兴地带着新车间主任来到行政大楼，几乎跑了一下午，办好了各项任职手续，朱梦来心里这才落下了一块大石，对于这位老员工的能力，朱梦来心里很看好，能把这个人找过来，朱梦来心里成就感十足。

但是第二天，临时租借的生产厂区那边，发生的大动荡，直接给了朱梦来一个当头棒喝，四个生产车间集体罢工了。

四个车间主任，以老胡为主，他们拉着横幅，上百名员工浩浩荡荡地来到了总厂区的行政大楼面前，静坐示威，罢工主要内容就是拒绝重组，至于新来车间主任那件事儿，他们没有打出来，因为这是三号生产车间的问题，跟其他几个车间没有多大的关系。

罢工这件事儿，引起了美华年轮公司上下的注目和震动，曹正春得到消息后，火急火燎的赶了过来，他没想到，昨天胡雪峰离开办公室的时候，若有所思说的话，今天竟然这么快就应验了。

曹正春赶到现场后，看到胡雪峰就在这群闹事儿员工中间坐着，顿时有些没脾气了，他没有走过去，而是直接给胡雪峰打了个电话，希望能跟胡雪峰私下再谈谈，让他把罢工这种影响极其不好的事情，往下压一压。

但是，胡雪峰竟然直接关机了。

这让曹正春有些生气，没办法，曹正春只好给朱梦来打了一个电话，电话接通后，曹正春的情绪不是很好，对朱梦来说：“这是你招惹出来的事儿，你自己解决。”丢下这么一句话后，曹正春有些气急败坏的挂断了电话，留下电话另一头的朱梦来，抓着电话在那里愣神。

朱梦来心里此时有种不可思议的感觉，公司出了这么大的事儿，在朱梦来看来，曹正春作为公司的龙头老总，他无论如何都不该对自己表现出这种态度，曹正春的态度，让朱梦来瞠目结舌之余，心里也有些隐隐的不舒服，他发现，在这件事儿出来后，曹正春跟他的关系，似乎出现了一丝不可逆转的裂痕，这让朱梦来心里非常不舒服。

但是没办法，公司出现了罢工这么恶劣的事情，关键时候，公司老总又撂挑子了，朱梦来只能亲自出面解决。

朱梦来来到罢工现场，看着横幅内容，又看着群情激奋的员工，他一时间也有些犯难，心里飞快想着对策，但是却一筹莫展。

如果顺应民意的话，很显然，他在公司的威信，会受到非常剧烈的冲击，以后再有什么改革方面的工作，遇到的阻力，绝对会成倍增加，另外，如果他不顺从民义的话，眼前这批员工，他又想不到好的安抚手段，这种两难的境地，让朱梦来非常头疼。

如果参与员工不是太多的话，朱梦来完全可以直接来个强硬手段，但是现在，行政大楼前面，浩浩荡荡的罢工员工，足有一百多号人，这么多人，都是生产车间的主力人物，采取强硬手段根本行不通，毕竟法不责众，而且从曹正春表现出来的态度上看，曹正春在这件事儿上，明摆着就是不打算站在朱梦来这边，这让朱梦来更加难办了。

还是先前那句话，这件事儿终归要解决的，朱梦来也没有更好的办法了，他打算先采取动之以情晓之以理的策略，看一看能不能有些良性效果，如果还不行的话，那么朱梦来只能选择顺应民意了。不过这样的话，朱梦来心里明白，他会对美华年轮公司心灰意冷的，毕竟，现在朱梦来的内心深处，已经有些发寒了，曹正春表现出来的态度，让朱梦来太不舒服了。

朱梦来让行政部人员给他找来了一套音响设备，这些东西搭建好后，朱梦来手里拿着麦克风，清了清嗓子，环视对面一百多名员工，朱梦来没有转身，只是背对着行政大楼上面的烫金大字指了指，说：“美华年轮大型家具有限责任公司，多么好的品牌，我想知道，我们这间公司刚成立的时候，现场的诸位，有多少人参与了开荒和组建，请举下手。”

虽然对面百来号员工，对于朱梦来站在这里讲话，表现得不太热情，但还是有十几个人高高地举起了手臂，其中就包括胡雪峰在内。

朱梦来面露微笑地点点头，朝着众人走了过来，边走边说：“我想问一下中间的胡雪峰主任，当初我们美华年轮公司刚成立的时候，公司规模多大，您的心里，还有没有些微的印象？”

说完，朱梦来把麦克风给胡雪峰递了过去，面带微笑地看着胡雪峰，等他回答。

“当然记得！”胡雪峰脸上露出骄傲自豪的表情，他伸手指着正对面的行政办公大楼，又指了指身后连绵的厂区位置，说：“当初建厂的时候，这一片根本没有几座高楼，我们的厂区，只不过是几排平房，道路也没有硬化，每次赶上下雨天，整片厂区像条河一样，环境异常艰苦。但是，正因为我们这些老员工不怕辛苦的作风，才成就我们今天的美华年轮公司。”说完，胡雪峰看着朱梦来，脸上露出轻蔑的神色。他要表达的意思很明显，这个厂子，是我们这些老员工，一手一脚，亲自堆砌起来的，你这个不知所谓的王副总，算哪根葱？有什么资格在这里跟我们指手画脚？

朱梦来微笑着伸手接过胡雪峰手里的麦克风，像是没听到胡雪峰要表达的意思一般，他拿着麦克风，看着近在咫尺的百来号员工，朱梦来心里有些感叹，胡雪峰那句话说的没错，美华年轮公司能有今天，确实与眼前这些基石，有着分不开的关系。

这里面的员工，能在美华年轮公司干这么长时间，其中自然也有热爱公司的情怀在起作用，朱梦来叹了一口气，脸上的笑容收敛了。他伸手指了指身后高大耸立的行政大楼，指着脚下硬化出来的整洁大道，又指着在他正对面的连绵厂区，朱梦来说："从几排土瓦平房，做到如今高楼大厦，其中面对过多少艰难，面对过多少困境，现场的诸位都是过来人，其中感触肯定比我更深。"

"可是，你们现在的行为，却是在亲手摧毁着你们亲手建立起来的一切美好东西。"朱梦来斩钉截铁地说道。

"我们亲手摧毁？"胡雪峰目光炯炯地看着朱梦来，冷笑了一声，毫不避讳的伸手指着朱梦来，语气非常愤怒，说："不是我们摧毁，是你这个外来者在摧毁这一切，你的一系列行为和手段，我们感受不到丝毫尊重，你的所谓举措建设，都在时刻践踏着我们的尊严，凭什么打乱我们的分组？你不知道，打乱分组，就意味着重建，重建就要重新适应，而重新适应工序，对我们的生产影响又有多么巨大，你根本就没有想过这些问题。所以，不是我们这些功勋员工在摧毁这一切，而是你，你这个所谓的朱副总在亲手摧毁我们建立起来的这一切，现在你还站在这里，大言不惭地跟我们说这些，当我们这些人是傻子吗？"

"对！峰哥说的没错，不是我们在摧毁，是你要亲手毁了这一切。"

朱梦来对面，这些员工纷纷叫嚷起来，他们的情绪，都被胡雪峰调动起来了，毕竟在他们这些人看来，朱梦来不分青红皂白的指责，完全就是把脏水往他们身上泼，这是他们这些人打心底不能承认的东西。

“我摧毁？”听了胡雪峰的横加指责，以及这些老员工们的起哄声浪，朱梦来脸上重新绽放出了笑容，但不是微笑，而是赤裸裸的冷笑。

朱梦来环视这批老员工，最后把目光定格在胡雪峰身上，冷笑着说：“先不说你们罢工究竟是对还是错的问题，就说说你们罢工的理由，反对重组，这是什么理由？这个理由就是你们集体罢工的借口？荒谬，简直就是天大的笑话！”

“为什么要反对重组？难道原因仅仅是胡雪峰你刚才说的那些理由吗？你们反对的理由，是完全站在公司的立场考虑的问题吗？是个爷们儿，你们就拍着胸口，扪心自问，你们做出这样的举动，背后的真正原因究竟是为了什么？为了公司？还是为了各自的私人利益？你们是不是真爱这个你们亲手建立壮大起来的公司，究竟是不是发自内心的为这个家庭一样的大集体着想，这个成分，究竟占据多少，你们大可摸着自己的良心，问问你们自己，到底占几分？”

“这个话题，我不打算跟你们进行更深入的讨论，我们再回过头来谈谈公司为什么要做出这个举动措施，那天产品质量出现问题后，闹事儿人带着媒体，就是站在你们这个位置，理直气壮的闹事儿找麻烦，他一个人，凭什么敢面对我们整个公司？凭的就是底气，凭的就是一个理字。胡雪峰，你大声地告诉我，在这件事儿上，你们生产车间，有没有占到这个理字？看到公司面临那么巨大的困境，你，作为公司的元老级别员工，你大可拍着胸口说一说，这件事儿发生后，你心里究竟有没有哪怕一丁点儿的愧疚和自责情绪出现？”

“你不用说话，这个问题，我完全可以替你回答，你没有，你手下三号生产车间这批所谓的公司熟练技工也没有，后面发生了什么事情，还用我给你详细地说吗？”

朱梦来目光炯炯地盯着胡雪峰，说：“在那件产品质量问题的事儿发生后，我特意针对这件事儿，跟你们做过私底下的沟通没？我不止一次提醒过，产品质量就是我们公司的命根子，一定要重视重视再重视，可是结果呢？作为公司功勋员工，胡雪峰，你干了什么？你凭借自己在公司的老资历，联合质检部门，一起为了私人缘由，对质量问题依旧不上心思，很好，质检部门查不出问题，我亲自抽查，抽查的结果，还用我当众宣布吗？质量问题，还是如出一辙的老问题，这就是出了大事儿后，你们这批熟练技工交给公司的答案和态度吗？”

“为什么公司最后会做出重组这套方案？就是因为你们这批老员工，你们的心，已经不新鲜了，随着资历的不断增加，你们这批技术最熟练的老员工，已经开始偷奸耍滑了，你们不要做精英，而是想方设法地做公司的蛀虫，既然你们不愿意改进，那好，公司逼着你们改，公司不愿意做不仁义的事情，不忍心处罚你们，这才推出了这项重组的改进策略，但是在回过头来看看，看看公司这么仁义的对待你们，你们是怎么回馈公司的？！”

“胡雪峰，今天我指名道姓的在这儿批评你，也在这儿把我的底线，当着众多员工的面，给你们交代得清清楚楚，公司为什么推行出这个方案？源头完全就是在你们第三号生产车间身上，既然你们不愿意重组，那行，那我们就不重组，但是有个条件，质量问题必须过关，如果再被我抽查到的话，你能给我什么保证？我要男人的保证！”

胡雪峰脸色铁青地看着朱梦来，说："再有质量问题出现在三号生产车间，我胡雪峰主动辞职，你不用激我，我知道你安的是什么心思。"

"一言为定！"朱梦来心里真的很生气，说完，他没再管这些人，直接转身离开。

第二十三章　吃货的标准定义

朱梦来把话都说到这个份儿上了，集体罢工的生产部门员工们的要求也都达到了，这个工，自然不能在继续罢下去了。

事实上，朱梦来说的话，在这些员工心里激起了很大的浪花，毕竟朱梦来说的在理，他的一切出发点，都是为了公司着想，而他们这些自认为热爱公司、忠诚公司的员工们，罢工行为，本就是对公司最不热爱的一种体现。

不管怎么说，他们的目的都算达到了，这些员工虽然赢了，但每个人脸上，都没有那种赢了的喜悦，看他们的表情，反而似乎他们输了似的。尤其在胡雪峰的脸上，这种情绪表现得最为明显。

今天朱梦来当众说的话，就像当头棒喝一样，在胡雪峰的脑袋上，一棒接一棒地敲打着，胡雪峰脸色很不好看，因为朱梦来的这番话，等于把他直接推到了风口浪尖上面。

朱梦来离开后，心情很低落，他心里生起一股疲惫感觉，不仅仅是因为这些老员工们明显针对他激发出来的罢工行动，更让他心寒和不能接受的是，曹正春对于这件事的态度。从曹正春的态度上，朱梦来看到了许多东西，这让他意识到，当初的想法是正确的，虽然他跟曹正春，在私交上关系莫逆，可是，一旦这种上下级关系成型，随着工作上面的矛盾激发，他们的友谊也在无形当中经受着考验和鞭策。

现在，朱梦来已经看到了裂痕，这让他情绪非常低落。

朱梦来从行政大楼前的罢工现场离开后，没有回自己的办公室，而是直接来到曹正春的办公室，敲响了门。

“请进！”曹正春的声音，从里面传了出来，从始至终，曹正春一直在办公室里坐着，没有在那批罢工员工面前露面说话。

“曹总……”朱梦来无精打采的推门走进来，看着曹正春，朱梦来张了张嘴巴，没有说出话来，看着曹正春，朱梦来突然不知道该说什么了。

“事情解决了？”看到进来的是朱梦来，曹正春脸上神色显得很平淡，没什么情绪表露出来，甚至都没起身让一下朱梦来。要知道，以前朱梦来来曹正春办公室的时候，曹正春都是起身相迎，并且亲自给朱梦来端茶倒水的，但是今天，曹正春身上的这股热情劲儿没有表现出来，朱梦来知道，曹正春这是在用行动对他表达心里的不满呢。

朱梦来点点头，说：“我向他们妥协了，不过胡雪峰跟我弄了个君子约定，下次在他负责的生产车间，再有质量问题出现的话，他会主动辞职。”朱梦来心情同样很不好，作为公司的上位者，最不喜欢的员工，就是那种自持老资历，不遵守公司规定的员工，而在朱梦来看来，这段时间，胡雪峰把这两点都占全了，今天，他更把这种行为，推到了一个极致的程度。在朱梦来心里，这等于胡雪峰在他心里扎了一根刺。

“这么严重？这种事情是免不了的，毕竟是个集体活儿，机器还出错呢，更不要说人了，朱梦来，你跟我说实话，你心里是不是对老胡有偏见？”曹正春眯起了眼睛，胡雪峰跟了他这么久，如果因为一点小错，就把胡雪峰一脚踢开的话，曹正春心里过意不去。

朱梦来听到曹正春这样说，心里突然有点烦躁，摆摆手，说：“这是我和他的君子约定，到时候如果真出了问题的话，他不遵守我也不会使用强硬手段逼他的。曹总，我前几天去医院做了个检查，查出了糖尿病，我需要跟您请几天假，打算安心休养一段时间。”朱梦来确实想散散心了，但真实的原因跟糖尿病完全没有半点关系。

朱梦来感觉现在自己的人生轨迹，与他的本来计划，发生了极大的偏差。朱梦来心里明白，以他现在的状态，就算他每天来公司上班，也根本沉不下心来安心工作，他需要时间想一想目前出现的问题，有他和公司员工的问题，也有他和曹正春之间的问题。朱梦来需要把自己沉淀下来，仔细想一想这些问题。

“糖尿病？你前几天不是说只是初期吗？控制下饮食和生活习惯，就完全没有大碍的嘛，现在怎么……”曹正春看着朱梦来，眼睛转了转，突然笑了，说：“朱梦来，你是不是心里耍小脾气呢？有什么情绪，说出来我们大家一起商量着解决，不要闹小情绪。我承认，今天的事儿，我确实心里很恼火，处理的方式或许有不当之处，我这个人是什么脾气，你又不是不知道，脾气上来了也就三分钟热度，这样，我跟你道歉成不？”

朱梦来看着曹正春，叹了口气，说了他心底的实话：“曹正春，我这段时间心里确实想了不少事情，整个人也很浮躁，我需要点时间，沉淀一下自己。”

“那好吧，你找个山清水秀的地方，好好转一转，排解一下心情，最近你的工作压力确实太大了，神经整天绷着，确实对身体不好。”曹正春看朱梦来的态度很坚决，他终于点点头，答应了朱梦来想要休息一段时间的想法。

从公司出来后，朱梦来发现自己的心绪，又有些迷茫了，他有种迷失方向的感觉，仿佛人一下子失去了奋斗的目标似的，变得空落落的，这是典型的精神空虚，朱梦来心里暗自对自己说着，他希望点醒自己，能打起精神来。

这种状态，一直持续到回家以后才有所转变，倒不是家里什么东西引起他的激情了，而是回到家后，他的手机亮了，来了一条短信息，是毛小钰发过来的一张彩信，上面只有一张毛小钰在成都的自拍照，她手摆着V字形，笑容很灿烂。

朱梦来怔怔盯着这张照片看了很久，他的心里，突然涌出了无限活力，朱梦来直接给毛小钰回了一条短信息：把你在成都的位置，给我发个定位过来，我明天去成都看你。

这条短信息发出去没多久，他手机响了，毛小钰没有给他回短信，直接把电话打过来了，朱梦来第一时间接通了电话，毛小钰问他：“你明天要来成都？出差还是？”

“这几天休假，我一个人没去处，正寻思着去哪儿转转呢，这些年倒是跑了不少地方，但还没去过成都，反正你在那边，我在感受天府之国的魅力之余，还可以陪你吃吃饭，逛逛街，光是想想，就让人心潮澎湃。”朱梦来话语间表现得很轻松，很高兴，没有把这几天压抑的负面情绪带出来。

毛小钰心思很细腻，她的语气有些疑惑："休假？你去这家公司没多久吧？是不是你那边出了什么事儿？处理正事儿要紧。"

"瞧你说的，过去陪陪你，一起吃吃饭，逛逛街，就是最大的正事儿，你别劝我了啊，就这么说定了，我待会儿就订机票。"朱梦来生怕毛小钰拒绝，他现在仿佛一下子找到了人生方向，和毛小钰通话的短短几分钟，朱梦来空虚的心灵，仿佛一下子被填满了似的，整个人都焕发出了精神。

"好吧，明天到了给我打电话，我去机场接你。"毛小钰心里也有一丝喜意浮现了出来，不过她稍微有些矜持，这丝喜意，表现的并不是太明显。

飞机准时落在成都机场，好几天不见，画着淡妆的毛小钰，看起来似乎越发有魅力了，朱梦来再一次被毛小钰电到了，盯着毛小钰怔怔出神。

"回神了！"大庭广众之下，毛小钰被朱梦来看得有些不好意思了，伸手在朱梦来眼睛前面晃了晃，笑着说："成都遍地都是美食，想吃什么？我请客！"

"没耽误你学习工作吧？"真正来了成都，见到了毛小钰本人，朱梦来反而开始关心这些问题了，如果因为他过来，而影响了毛小钰学习的话，朱梦来心里会不安的。

"哎哟！你这人怎么变得婆婆妈妈起来了呢？我既然能出来，肯定提前做好了安排，快说你想吃什么？我还没吃饭呢，刚好赶上了饭点，我现在有点担心了，成都的饭菜这么美味，回到深圳，我怕我会怀念这里的。"毛小钰心思敏感细腻，她大概能猜到，朱梦来突然来成都看他，或许是那边出了什么烦心事，因此，今天毛小钰说话的时候，与平时有很大的不同，特意把话说得很风趣。

对于毛小钰说的话，朱梦来回应只有两个字："吃货！"

毛小钰故意瞪起眼睛，笑盈盈地说："吃货有什么不好？你知不知道一个标准吃货的三大要素是什么？"

这倒是把朱梦来问住了，朱梦来目光狐疑地看着毛小钰，说："吃货还有标准？在我的理解当中，吃货就是见了吃的，恨不得吃得把命都搭进去，难道不是这样的吗？"

"那是饭桶！"毛小钰白了朱梦来一眼，她自己倒是先忍不住，扑哧笑出了声，不过话说回来，毛小钰对吃货这个词的定义，还真有研究，她笑着说："吃货三要素，看看你满足了几条，如果都满足的话，就能定义你为标准的吃货。"说着，毛小钰给了朱梦来三个选项，有钱，有时间，有知识。

有钱才能想吃什么就吃什么，这是吃货必备的基本条件；有时间，才能到处转着，找那些精美食物的发源地，品尝地地道道的美味；有知识，去了一个地方，你要第一时间知道这里哪种美食最有名，最地道。只有具备以上这三点，才配得上吃货这两个字。

毛小钰煞有介事地说着，看她那模样，仿佛真像这么一回事儿似的。

朱梦来听了，不禁哑然失笑，果真是术业有专攻，人的侧重点不同，关注的东西诧异也太大了些，他还从来不知道，吃货的要求竟然这么高，现在这个词，看来是被人们用坏了。

"不许笑！"毛小钰再次丢给朱梦来一个大白眼，给朱梦来举了个例子，说："有一次我去淮南出差，如果你去淮南的话，你会想到什么东西？"

“能想到什么？”朱梦来一头雾水。

毛小钰叹了一口气，说：“唉，一看你就不是一个标准的吃货，淮南是臭豆腐的发源地，全国各地，数那里的臭豆腐最正宗，比长沙还要正宗。我当初去的时候，为了吃上最正宗的臭豆腐，足足排队等候了两个多小时，不是一个吃货，很难理解这种心情的。”

朱梦来听了直咋舌，他必须得承认，他被毛小钰说的话惊到了，为了吃个臭豆腐，甘心排上两个小时的队，这份耐心和辛苦，他想不佩服都不行。

第二十四章　成都街头

在成都的这几天，可以说，是朱梦来这段时间最开心最充足的几天。毛小钰忙的时候，朱梦来自己一个人到处溜达，毛小钰忙完了，两人一起在大街小巷里寻觅地道的美食，毛小钰这是要把朱梦来也培养成吃货的节奏。

一路上，毛小钰俨然一副专业人士的架势，给朱梦来普及方方面面的美食知识，朱梦来是个好学的人，这几天，他还真跟着毛小钰学到了不少东西。

就例如，如果问你一个问题，人们常说的味觉有几种？当时毛小钰问朱梦来这个问题的时候，朱梦来几乎脱口而出，说："酸甜苦辣咸，这是谁都知道的基本知识啊。"

结果，朱梦来的回答，遭到了毛小钰的鄙视，毛小钰告诉朱梦来："酸甜苦咸是味觉，但辣并不能算是味觉中的一类，因为辣，严格说来，连味道都算不上，它只是一种能对人体产生刺激的刺激性物质。"

好吧，朱梦来再一次被毛小钰说服了，孔圣人有云，三人行，必有我师焉，这句话难怪流传这么广泛，还真有道理，吃个饭，朱梦来就感觉自己没少学到东西。

就这样，朱梦来在成都愉快地待了将近一个星期时间，本来按照他原本的计划，朱梦来是打算等毛小钰学习期满后，跟她一块儿返回深圳，但是，在第六天头上，朱梦来接到了一个从深圳打来的电话，电话是那位他介绍的新的生产车间主任打过来的。

朱梦来看到来电显示上的名字，他心里还有些狐疑，不明白这个老员工怎么会突然给自己打电话，难道他在美华年轮公司干得不开心了吗？

接通电话后，车间主任说的事情，让朱梦来这几天的好心情，一下子烟消云散了。

生产车间主任语气很愤怒，他跟朱梦来说，他被美华年轮公司解雇了，问朱梦来是否知情？朱梦来一头雾水，他事先根本没有得到半点消息，朱梦来抓住了重点，问这个老员工："你是不是违反了公司的硬性规章制度？"

"绝对没有，这几天我正处于适应阶段，自我感觉还良好呢，和新同事相处的也不错，但是今天早上，突然接到人事部的电话，说我被解雇了，简直莫名其妙嘛！"说起这件事儿，生产车间主任的语气，就显得有些愤愤不平。

"你少安毋躁，我给曹正春打个电话，问问他究竟是什么原因。"朱梦来细声安慰了几句他特招的生产车间主任，挂断电话后，朱梦来直接找到曹正春的电话，拨了过去。

曹正春电话接的很快，能听得出来，他的心情似乎很不错，"朱梦来，你人在哪儿呢？怎么突然想起给我打电话呢？是不是准备回来上班了？"

“我在成都，曹正春，我特招的那个生产车间主任，你把他解雇了？究竟是什么原因，为什么突然要解雇他？”朱梦来说话的语气不是很好，人是他苦口婆心的招过来的，结果呢，人家屁股还没坐热，竟然被一声不吭的单方面解雇了，这事儿搁谁头上都生气。

“哦，原来是这件事儿啊，我还以为你打电话过来有什么大事儿呢，是这样的朱梦来，这件事儿我本来打算等你回来后再跟你说的，不想因为这点小事儿，扰了你休假的兴致，这个车间主任的业务水平确实不错，但是，他的管理理念，与我们公司的理念不合，没办法，为了大局着想，我只能做出这样的选择。”曹正春把解雇人家的理由，说的不是太清晰，模模糊糊的，听起来是在特意回避着什么。

“是不是胡雪峰在中间插手了？”听了曹正春的解释，朱梦来感觉自己整颗心都有沉下去的趋势了。

“跟老胡没啥关系，朱梦来，你看你，是不是又小心眼儿了？”曹正春笑着打趣了一句朱梦来，在他看来，只不过是开除一个车间主任嘛，又不是多大的事儿，朱梦来这样兴师动众的打电话过来，反而显得有些小家子气了。

“曹正春，我对你很失望，就这样吧。”朱梦来懒得跟曹正春多说了，他的心情很不好，有种乌云密布的感觉。在朱梦来看来，曹正春这次这样行事，实在太过分了些，不管怎样，人是他招过来的，不管与公司理念和不和，还是其中有其他什么隐情，你要解雇人家，至少要跟他商量一下啊，但是现在呢，朱梦来感觉，曹正春完全把自己当成了空气，这种不被重视的感觉，让朱梦来心里非常不舒服。

“朱梦来，你这是什么态度？这样说话，就有些太过分了啊。”曹正春也不是什么泥人，他今天心情确实挺不错的，但是朱梦来这个电话打的，让曹正春的好心情，也直接不翼而飞了。

“我过分？曹正春，你自己拍着胸口好好想想，不声不响的解雇生产车间主任这件事儿，究竟是你过分还是我过分？再怎么样，人也是我出面招过来的，你要解雇人，总得跟我支会一声吧？现在人家直接把电话打到了我这里，搞得我一头雾水，你让我跟人家怎么说？曹正春，你太让我失望了！”朱梦来脾气上来的时候，就算面前站着天王老子也不行，非要原原本本地发泄出去才甘心，他现在真的很生气，越想心里的怒火越旺盛。

他不知道是他变了，还是曹正春发生了变化，按理说，两个人经历了共患难，怎么临到门要享福了，反而不断的搞出一桩又一桩的事情，这让朱梦来非常不理解，同时，朱梦来也感觉有些心寒，他当初犹犹豫豫的，考虑要不要接受曹正春的邀请，来美华年轮公司上班，就是担心眼下这种局面。他知道自己是什么样子的脾气性格，在工作当中，朱梦来一概履行一就是一，二就是二的原则，他不喜欢把私人的事儿和工作上的事儿搅和到一起，因为在朱梦来看来，公私不分家，是典型的不专业行为。

就拿今天生产车间主任给他打过来电话，告诉他自己无缘无故被解雇这件事儿来说，在朱梦来看来，对公的话，他完全找不到解雇人家的理由，反而对私来说，随口能找到不下十条理由和借口，而曹正春在电话里模棱两可的解释，更是加深了朱梦来的猜测和怀疑，什么与公司的理念不和，简直就是在放狗屁，理念还不是人造就出来的？既然其他人都能和，他招过来的这个生产车间主任怎么就不能和了？！

“不行，这件事儿不能就这么算了！曹正春，我马上赶回去，我要一个完整的、能说服我的理由，否则我不同意解雇。”朱梦来语气态度非常坚决，流露出一股不容置疑的味道。

“朱梦来，摆正自己的位置，我才是美华年轮公司的最大领导，在公司里面，我下的决定，才是最终决策，你们要做的，就是根据我下达的最终指示，完成各项指标任务，你懂不懂这点，朱梦来？！”曹正春的火气也上来了，他在电话里面，斩钉截铁地跟朱梦来讲完了这套说辞，只不过，在一口气说完这些话之后，曹正春心里顿时有些后悔了，他知道，他的话说得太重了，尤其以朱梦来的脾气，他这番话，着实是在把朱梦来往外面推。

果然，电话另一头，朱梦来听了曹正春说的话，忍不住愣了一下，“曹正春，你这话是什么意思？”朱梦来语气冰冷，显得很淡漠，在这瞬间，朱梦来心里几乎马上冒出了一个决定，但是被他硬生生地压下去了，他要听曹正春把话再说一遍。

“朱梦来，你别放在心上，是我把话说得重了一些，毕竟我们两个都在气头上，这样吧，电话里一时间说不清楚，你先回来，等你回来后，我备上点酒菜，我们两个当面详谈。”说完，曹正春推脱说他还忙着有事儿，就不跟朱梦来多说了，直接挂断了电话。

朱梦来拿着电话，愣了好半天，毛小钰不在，去学习去了，朱梦来没给她打电话，直接给毛小钰发了一条短信，说公司有急事儿，需要他马上赶回去处理，等她回深圳的时候，朱梦来会亲自过去接机的。然后，朱梦来第一时间订好了最近的航班，他要快一点赶回深圳，这件事儿，生产车间主任把电话打到他这儿来，意思很明显，就是明着跟朱梦来要一个说法，如果朱梦来不能给他一个正当的理由，以后这个员工，恐怕就要和朱梦来永远的划清界限了。因为人和人交往，信任，有时候只有一次，败坏了后，再想挽回，就是一件极为困难的事儿了。

朱梦来用最快的速度赶回了深圳，他甚至直接提着行李来到了美华年轮公司，一口气乘坐电梯来到了曹正春的办公室。

“回来了朱梦来？看你着急忙慌的，成都是个好地方，山好水好人也美好，哈哈哈，怎么样，这次去那边玩得开心吗？”曹正春大笑着走过来，主动帮朱梦来提行李。

“本来挺开心挺高兴的，但是接到生产车间主任的被解雇电话之后，我的好心情就彻底没了，曹正春，我要听你说实话，究竟为什么要解雇人家？”

“你还揪着这件事儿不放啊？”曹正春表情有些无奈地看着朱梦来，他搞不懂，朱梦来干吗要抓着这件事儿不放呢？难道真如同胡雪峰说的，朱梦来招这个生产车间主任进来，明着是为公司着想，实际在暗地里，朱梦来是想在公司里安插自己人，排除异己吗？

这个极具阴谋论的想法一冒出来，曹正春自己都吓了一大跳，他随即暗中坚定地摇了摇头，据他的了解，朱梦来根本就不是这种耍心眼的人，不然，他们两个也不会成为非常要好的朋友了。

最终，这件事儿并没有谈妥，朱梦来坚持询问缘由，曹正春也固执己见，两人针尖对麦芒，谁也不让谁，最后直接闹得不欢而散了。

朱梦来离开后，曹正春的眉头皱了起来，他盯着朱梦来离开的背影怔怔失神，在办公椅上坐了好半天，曹正春这才拿起电话，拨到人事部那块，说：“弄一份招聘广告，我们美华年轮公司需要一个有能力有责任有经验的厂长。”

“朱总，这块儿不是朱副总负责的吗？”人事部员工多嘴问了一句。

曹正春突然有些烦躁，说：“让你招聘你就招聘，废话这么多干什么？朱副总事儿很多，总不能每天搞这些鸡毛蒜皮的小事儿吧？”说完，曹正春啪一声挂断电话，真是的，他的心情，本来就被朱梦来搞得非常不愉快，这个人事部员工还要触他霉头，真是该死。

再说朱梦来这边，回到家后，朱梦来心里那种身心疲惫的感觉，再次回到了身上。前段时间，公司上下面对各种困难的时候，朱梦来每天虽然很累，但累得很舒心，不像现在，朱梦来感觉自己从里到外都是沉重的，就像身上绑着一块四五十斤重的铅块上班似的，他感觉自己已经被折腾的没有精力了。

第二十五章　削权

曹正春回到家，那个从江西饶州老家特意追过来的女孩儿，已经给曹正春做好了饭。这个二十五六岁的年轻女人，名叫陈芸，皮肤白皙，五官精致，身材修长饱满，穿着打扮很时尚，浑身上下透露出一股青春的活力，这点最吸引曹正春了。

陈芸哼着歌，心情很愉快，她今天特意打扮过，画了淡妆，把她五官姣好之处，表现得淋漓尽致。

“曹哥，我一个人在家待得好无聊啊，从明天开始，我想去你的公司里上班。”陈芸搂着曹正春的脖子，在他脸上亲了一口，可劲地撒娇。

曹正春今天被朱梦来搞起了一身火气，但面对自己的女人，曹正春虽然心里有火，愣是忍着没有发出来。他虽然心里有些不耐烦，但还是耐着性子，拉着陈芸软绵绵的嫩滑小手，揉搓着说：“别添乱了，我的那间公司是生产家具的，都是男人干的活儿，你过去能干吗？闲得没事儿就上街逛逛，深圳城区建设还是很不错的。”

“不要，我要去公司里上班。”陈芸继续撒娇。

曹正春则就是一门心思，不同意不点头。

一来二去的，两人争吵起来，最后，陈芸气呼呼地回到卧室，砰的一声，把门关死了。

曹正春一个人坐在沙发上，怔怔出神，在公司，有不顺心的事儿缠着他，回家后，小女友又不懂事儿，曹正春有些头疼的揉着眉心，他怎么感觉今天这么不顺心呢？

曹正春坐在沙发上，一个人发了会儿闷气，当他想要出去透透气，顺便喝点小酒的时候，卧室门打开了，陈芸撅着小嘴探出了脑袋，精致的脸蛋上布满幽怨的表情，泪眼汪汪地看着曹正春，问：“你要去哪儿？”

曹正春一看陈芸的表情，顿时没辙了，只好叹口气，又屁颠屁颠地回到沙发上坐下了。

陈芸脸上飞快地闪过一丝喜色，她三步并两步跑出卧室，直接扑进曹正春的怀里，搂着曹正春的脖子，柔声问曹正春：“今天公司里有烦心事儿吗？对不起，我不该不理解你的。”

曹正春再次叹了一口气，他的心里微微生起一丝异样的感觉，感受着怀里香喷喷的柔嫩娇躯，曹正春索性开口，把今天在公司里遇到的不痛快事情都说了出来。

曹正春虽然对人事部负责人下达了招聘新厂长的指令，但其实说心里话，曹正春下达这个指令后，心里并不开心，不但不开心，曹正春还感觉矛盾重重，就像做了什么见不得人的事儿一般，这种感觉，让曹正春的心情非常烦躁。

“朱梦来……他是不是上次在老家的时候，你叫过来一起吃饭的那位？”陈芸心里对朱梦来有印象，毕竟朱梦来的气质摆在那儿，对于像陈芸这种年轻女孩儿的吸引力，是非常巨大的。当时，从曹正春那儿得知朱梦来目前单身的时候，陈芸心里还冒出了一个想法，倒不是说她自己想对朱梦来怎么样，而是她打算把自己身边的小姐妹，介绍给朱梦来。

“嗯，没错，就是那个朱梦来。”曹正春点了点头，说：“朱梦来的能力确实非常出色，他上任后，帮助公司度过了一个又一个难关，这次公司之所以能从烂泥摊里迈出来，跟朱梦来有着不可分割的关系。”朱梦来在公司里的表现，曹正春都看在了眼里，但才能归才能，朱梦来在公司里的某些做法，在曹正春看来，有些过于古板了。

还有一点曹正春没有说，那就是当朱梦来在公司里出尽了风头的时候，曹正春心里冒出一股仿佛被压了一头的感觉。曹正春是个占有欲很强的主导者，不喜欢看到这种事情在他身上发生，有他在的地方，他就想做中心的人物。但是朱梦来在公司里的表现，似乎剥夺了这一点，曹正春看在了眼里，所以他的心里，其实并不舒服。

“我支持你，在公司里，你是总经理，你最大，虽然朱梦来很有才能，但他首先要摆正自己的位置，对待上级，就要有对待上级的态度。朱梦来太自以为是了，招聘新厂长不算什么大事儿，你不用有压力，敲打敲打朱梦来的傲气，肯定有百利而无一害。”听了曹正春讲述的事情经过，陈芸心里开始为曹正春愤愤不平了。

“嗯，我确实不该有太大的压力，毕竟我又没有做错什么事儿，老胡毕竟跟了我快有小二十年了，我不能做出那种卸磨杀驴的混账事儿来。”陈芸的支持让曹正春的心情高兴了些许，只不过，他的眉头还是没有彻底舒展开来，总感觉有什么不好的事儿要发生。

回到家后，朱梦来懒洋洋地把自己揉进柔软的沙发里面，整个人都不想动了，就想这样待着，感受这片刻的宁静。

他的电话响了，朱梦来慵懒地把电话探了过来，来电显示上面，是毛小钰的名字。这让朱梦来的心里，充斥了一丝活力。他坐直了身体，努力调节了一下自身的情绪，这才清了清嗓子，按下接通键。

“小钰，你忙完了？吃了吗？”在面对毛小钰的时候，朱梦来完全没有表现出丝毫的负面情绪。在成都待了五六天，他和毛小钰的感情进展得很迅速，两人对对方的称呼更近了一步，从毛小钰主动给朱梦来打电话来看，在毛小钰心里，朱梦来已经迈进去了一只脚，这是个好兆头，想到这里，朱梦来嘴角不禁勾勒出一个幸福的微笑。

“嗯，你那边事情处理得怎么样了？”毛小钰看到了朱梦来发的短信息，她心里有些担心朱梦来，不知道工作上的事情，进展顺不顺利。

“非常顺利，都已经解决好了，我真想再去成都找你啊，话说，回来吃了一顿深圳的饭后，我才发现成都的美食，的确让人怀念，瞧，我已经快要被你度化了，现在已经开心向吃货的行列逐步迈进了。”朱梦来开了个小玩笑。

效果不错，果然把毛小钰逗的扑哧笑了一声，两人略显甜蜜的煲了一会儿电话粥，朱梦来的活力，彻底回来了，现在他就像浑身上下充满了电一样，对于工作上的各种糟心事儿，朱梦来已经看得很淡了。

跟毛小钰挂断电话后，朱梦来哼着小曲洗了一澡，就像是要把烦心事都洗刷掉一般，洗完澡出来，朱梦来拿起手机，看到上面有三个未接电话，都是毛明生打过来的。

朱梦来心里有些疑惑，都这个点儿了，毛明生给他打电话有什么事儿吗？还连着打了三个，似乎很急迫的样子。

朱梦来直接给毛明生回了一个电话，听了毛明生在电话里说的事儿后，朱梦来的好心情，顿时又有些压抑了，他心里由不住地冒出了火气，曹正春太过分了！

原来，曹正春吩咐人事部招聘新厂长的事儿，本来只有曹正春和那个人事部负责人两个人知道。但是说来也巧，今天公司里一个董事做东，叫同为公司董事的毛明生出来吃饭，而那个人事部经理，又恰巧与这个请毛明生吃饭的董事，是非常要好的朋友关系，三人坐到一起，喝了不少酒，人事部经理半开玩笑地问毛明生，他和朱梦来之间是什么关系，然后跟毛明生讲了曹正春要招聘新厂长的事儿。

毛明生听到这个消息后，顿时坐不住了，第一时间摸出电话，给朱梦来打了过来，但朱梦来正在洗澡，根本没有听见，毛明生连着打了三个后，不再打了，他干脆坐在那儿等朱梦来忙完主动打过来。

“朱梦来，曹正春这事儿做的太不地道了，虽然你去他那儿工作时间不长，但功劳摆在那儿，是个人就能看见，曹正春眼睛又没瞎，他这么做是什么意思？”毛明生替朱梦来生气，毛明生的骨子里，有跟朱梦来相近的气质，最看不惯这种钩心斗角的糟心事儿，意外得知这件事儿后，天知道毛明生当时心里的火气有多旺盛。

那个人事部负责人说的没错，曹正春的做法，其实就是摆明了在削朱梦来的权，毕竟朱梦来现在做的主要工作，基本上就是把厂长的活儿囊括在内了，在这个当口，曹正春的这个吩咐，其本质用意，只要眼睛不瞎的人，自然能一眼瞧出来是什么情况。

“朱梦来，你打算怎么办？曹正春太欺负人了，我不想给他继续投钱了。”毛明生这个人就是这么爱憎分明，当初他之所以注资，帮助美华年轮公司渡过眼下难关，就是因为其中有朱梦来这个牵线人，现在曹正春这样对待朱梦来，毛明生自然没必要给曹正春好脸色了。

在电话里，朱梦来有些沉默，和毛小钰通话过后，朱梦来想开了许多，对他来说，他更喜欢更向往那种文人的生活，至于公司工作的事情，完全就是糊口问题，既然这样，他还瞎操什么心呢？把自己的工作做好就是了，至于其他的东西，曹正春，或者其他人，想怎么折腾，就让他们折腾去吧，这就是朱梦来现在的心态。

只不过，虽然朱梦来抱着这样的心态看问题，但是严格说起来，他的心里此时是真的不舒服，因为在他眼里，曹正春公司老总、顶头上司的身份，都是次要的，朱梦来更看重的是，曹正春是他的朋友，现在朋友对他做出这样明显与他不利的事情，这让朱梦来心里有些苦涩，他现在是真的后悔了，当初就该态度坚决一些，不该跟曹正春混在一起参合呀，现在，两人的朋友关系，已经出现了明显的裂痕，这是朱梦来不愿意看的情况。

“好了，就这么说定了，让那头猪自己折腾去吧，我看不上这种人，不跟他玩儿了，明天我就通知撤资。”毛明生骂骂咧咧的，倒是把他这个人的脾性，展现得淋漓尽致了。

朱梦来苦笑一声，不能多说什么，因为钱毕竟是毛明生自己的，而且数目还不小，这种事儿，朱梦来掺和进去不合适，毕竟毛明生之所以这样做，有为他出头的嫌疑。

毛明生跟朱梦来在电话里发泄了一番之后，挂断电话，第一时间开始联系手下的财务人员，连夜着手核算撤资事宜，可谓说风就是雨，做事儿是真的雷厉风行。

第二十六章　这就是现实

第二天，春风一度的曹正春，接到董事会成员的电话之后，整个人差点惊得炸了，他当即从被窝里钻了出来，音量提高了八度："什么？！毛明生要撤资？为什么？！他可是我们美华年轮公司的第二大股东，现在公司的情况，刚有所好转，他在这个当口撤资，不是等于把我们公司重新往火坑里推吗？！"

"朱总，毛董事已经做出了这个决定，他属下的财务人员、律师团队，正在跟我们公司的相关部门做交涉，我还是抽空出来给您打电话的，要不，您亲自来一趟公司？"那个员工也知道毛明生在这个时候撤资的话，情况多么恶劣，但这种事儿，像他这种公司小员工，根本插不上话，高层之间的事儿，还得高层自己出面解决。

曹正春当机立断，飞快地穿衣服，说："尽量拖时间，我半个小时……不，二十分钟，最多二十分钟就到公司。"曹正春仿佛火烧眉毛一般，急促无比。

"曹哥，出什么事儿了吗？怎么这么火急火燎的？"睡眼惺忪的陈芸，伸出半截雪白晃眼的手臂，揉了揉眼睛，看着着急慌忙的曹正春，表情困顿地问了一句。

“睡你的觉去，别跟我废话，忙着呢！”曹正春心情不好，直接回呛了好心好意的陈芸一句。

陈芸腾一下坐了起来，披头散发地瞪着曹正春，她是个正值青春的小丫头，虽然实际上确实等于被曹正春包养了，但是陈芸心里却不这么认为，在她看来，她是跟曹正春正当的谈恋爱，曹正春这样跟她说话，是对她非常严重的不尊重行为。

“你竟然骂人？曹正春，你还算不算男人，骂女人算什么本事？在外面受了气，回到家跟自己的女人发火，我呸！什么东西！我真是看走眼了！”平白无故的被骂了，陈芸心头火大，你在外面受气，凭什么在我身上撒火？！

“老子再说一遍，现在烦着呢，别给脸不要脸。”曹正春找袜子找不到，在这个当口，听到陈芸竟然上来跟他找事儿，曹正春顿时破口大骂起来。

“好哇曹正春，你竟然这样跟我说话，昨晚你趴在老娘肚皮上折腾的时候，怎么不见你这种态度，男人果然没一个好东西，今天你必须把话说清楚，否则，别想出这个门。”处在气头上的陈芸非常彪悍，只穿着贴身内衣，直接从床上跳了下来绕过曹正春，砰的一声，把卧室门关上，用她白花花的身子挡在门口，像尊门神似的，表情愤怒地瞪着曹正春，要讨一个说法。

曹正春没心思搭理陈芸，他时间紧迫，衣服还没找全呢，昨晚太疯狂了，折腾的衣物都不知道跑到哪里去了，一件也找不到。

好不容马马虎虎地穿好了衣服，还光着一只脚丫子，曹正春也不管了，就这样穿上拖鞋，要去卫生间洗漱。

但是门口堵着一个火气冲天的陈芸，白花花的性感身体，在此时的曹正春眼里，仿佛一块木头似的，曹正春火大，盯着陈芸的眼睛，不耐烦地说：“赶时间呢，少给我添乱，走开，不然的话，后果自负。”

“哟？还威胁上我了？你当老娘是吓大的？曹正春我告诉你，今天这事儿你必须跟我说清楚，你凭什么骂我？不说清楚，你今天别想出这个门！”曹正春火大，陈芸火气更大，与曹正春分毫不让的抗争着。

啪！

曹正春二话不说，直接扇了陈芸一个大嘴巴子。

陈芸被曹正春的一个大嘴巴抽的懵了一下，随即反应过来，尖叫着号啕大哭起来，整个人像疯了似的，朝曹正春疯狂地扑过来，手挖脚踹，无所不用其极，一边在曹正春身上疯狂地折腾着，一边尖声哭着叫骂：“曹正春你个王八蛋，竟然打女人，今天这事儿没完，你是什么东西，竟然敢动手打老娘，你以为老娘千里迢迢地过来找你，是让你打的吗？！”

场面好混乱，曹正春动手打了陈芸一巴掌，心里马上就后悔的要死，但是打都打了，在想挽回也来不及了。

此刻面对疯狂万分的陈芸，曹正春干脆不还手了，任凭愤怒疯狂的陈芸在他身上抓挠，愤怒当中的陈芸，下手是真的狠，在曹正春的头上脸上抓出道道血印，一双脚还不断踢着曹正春，折腾的累了，陈芸一屁股坐在了地上，号啕大哭起来。

曹正春脸色铁青，他的脸被抓破了，这个样子，怎么去公司见人？丢不起这个人呀，他心里暗骂了陈芸一句疯女人，但想想，终归是他不对在先，他先骂了人家，然后又先动手打了人家，活该，智障啊！

曹正春真想给自己两个大嘴巴子，这一大清早，闹得这叫什么事儿啊！

这个时候，曹正春的电话响了，曹正春拿起来一看，是刚才那个员工给他打过来的。曹正春顺手接起了电话，问：“情况怎么样了？”

“曹总，核算撤资程序已经成型了，而且，毛明生明说了不想见您，他已经带着人离开了。”这位员工语气哭丧，有些自责，老板交代下来任务，他却没有按照指示完成，这让他的内心深处，有些忐忑不安，担心老板会怪罪他。

“走了？走了好，走了好！”曹正春喃喃说了一句，听的电话那头的员工莫名其妙不已，心想老板是不是得了失心疯，大金主走了，他还说人家走的好，估计是刺激得有点大了吧。

曹正春一屁股坐在床上，心烦意乱的愣愣失神。陈芸还坐在地上号啕大哭着，一边哭，一边骂曹正春混蛋王八蛋，不是人之类的，逮着什么骂什么，说她千里迢迢从江西老家，赶来这里陪他容易吗，结果呢？换来的是什么？不但挨骂，还挨打。一个女人最受不了的事儿，就是最亲密的男人对她动手。

曹正春不反驳，也不说话，脸上火辣辣的，疼得厉害，他心乱如麻，感觉今天真是自己的丧日子，什么都不顺，现在公司里面最大的资金注入方撤资了，公司势必迎来资金周转不灵的恶劣局面，可谓糟糕透顶。家里又闹出这档子事儿，他自己也挂彩了，曹正春越想越气。

啪！

曹正春反手给了自己一巴掌，打了一下不解气，曹正春又连着抽了自己四五巴掌，这才停了下来，现在他也不知道该怎么办了，事情简直就是一团糟，乱如麻呀。

陈芸被曹正春的突然举动搞得吓了一跳，她不哭了，坐那儿盯着曹正春直勾勾看着，看了好一会儿，陈芸突然一声不吭地站起来，面无表情地翻找自己的衣服穿上，然后二话不说找出行李箱，开始打包行李。

“你要干吗？”曹正春急了，忍不住问了一句。

陈芸不说话，收拾的频率更加快速了。

“要走是不是？滚，滚滚，给老子滚得远远的！”曹正春瞪着眼睛，眼眶里血丝密布，突然朝着收拾行李的陈芸破口大骂起来。

陈芸娇俏的脸上，露出一丝冷笑，依旧没有说话。

她脸上的冷笑表情，再次把曹正春刺激到了，曹正春一肚子邪火没地方发泄，但打人的事儿，他是万万不能做了，曹正春语气很阴沉，看着陈芸说：“你自己收拾吧，我今天就撂下一句话，如果你今天带着行李箱出了这个门，以后别想再踏进来。”说完，曹正春也不管脸上血淋淋的，拉开卧室门，噌噌地走了出去。

他太郁闷了，大清早的，曹正春想喝点酒，喝得醉醺醺的，他要把这些烦心事儿都抛开。

曹正春走了，独自收拾行李的陈芸，脸上这才露出哀伤幽怨的表情，她一屁股坐在床上，泪水不由自主地流落下来，无声地哭了好一会儿，陈芸咬了咬牙，脸上露出坚定的表情，她又站起来，开始收拾打包了一半的行李箱……

“朱梦来，你在哪儿？陪我出来坐会儿吧。”

朱梦来刚从外面锻炼回来，顺便吃了个早点，他准备洗个热水澡，然后去上班。接到曹正春的电话，朱梦来心里有了猜测，他暗叹一声，知道毛明生昨天跟他在电话里说的话，不是气话，毛明生是真的付诸行动了。

曹正春的语气有些不太对劲，听起来情绪很糟糕的样子，虽然他们两个人的关系，已经远没有朱梦来刚进入公司时候那么亲密了，但两人毕竟曾经是非常要好的朋友，朱梦来听到曹正春的状态不太对劲，还是忍不住地开口安慰了曹正春一句："你还好吧曹正春？这世上的事儿，有时候就是这样，想开点吧。"

"我不想听其他话，朱梦来，我就问你要一句话，你现在在哪儿？能不能出来陪我坐会儿，我想喝酒，好好地喝上一顿。"曹正春声音低沉，完全没了以前的意气风发。

"好吧，你这会儿人在哪儿？我这现在过去找你。"朱梦来再次暗中叹了口气，其实在他心里，也有许多话想跟曹正春聊聊，今天曹正春主动邀请他，这或许是一个契机？

朱梦来来到一间散酒铺子，这是深圳的一家老店，自酿酒，地方虽然不大，但在深圳很有名气，味道醇香，很受当地人吹捧。

曹正春跟人来这里喝过一次酒之后，顿时成了这家老店的忠实顾客，再加上他家离这里并不算太远，平常没什么事儿的时候，曹正春会时不时地来这间老店里小酌几杯。

看到曹正春的模样，朱梦来不由吃了一惊，曹正春脸上的伤势，让人很容易就能联想到些什么，这是一般男人都会遇到的事情。

看来曹正春今天是真的想醉，在他面前，一斤装的散酒瓷壶。已经喝空了两壶了，这个酒的度数不算太高，但也不是那种顶低类型，三十二度，一般人的酒量，喝上一壶差不多就醉了。今天曹正春想买醉，喝了两壶，他的眼神，看起来依旧很清明。

朱梦来没有多说废话，走过去重新起了一壶酒，给自己倒了满满一杯，跟曹正春示意了一下，一饮而尽。

曹正春脸上有数道手指甲抠出来的血印子，他没有处理，就让血肉丝儿在脸上这么挂着，看到朱梦来的做派，曹正春放声大笑，说："好，来，干！"

"干！"两人你一杯我一杯，很快，朱梦来面前这个一斤装的瓷壶，差不多下去一多半了，朱梦来感觉自己的头有些晕了，已经上头了，这跟他们喝快酒有关。

"跟小陈闹别扭了？"朱梦来问了一句。

曹正春沉默，然后点头，再然后主动喝酒。

朱梦来陪了一杯，抓了两粒花生米丢到嘴里，嚼着吃了，朱梦来又问："毛明生撤资了？"

曹正春再次沉默，然后端着一杯酒一饮而尽，他双眼直勾勾地盯着朱梦来，问："你在背后挑事儿了？"

朱梦来苦笑一声，心里有些悲哀，他没有回避曹正春咄咄逼人的眼神，就这么跟曹正春对视着，问曹正春："依照你对我的了解，你觉得，我是那种背后搞动作的小人吗？"

"嗯，你不是，我是，我才是那种背后搞动作的小人。"曹正春颇为自嘲地笑了一声，和朱梦来碰了一下酒杯，两人把杯中酒一饮而尽。

朱梦来看着曹正春，劝他，说什么少喝点之类的废话，人的情绪很奇妙，有的时候，酒就是最佳的调节剂，情绪到了，不喝点不行，哪怕喝出毛病了，哪怕喝死在酒桌上了，在朱梦来看来，这是一种福气，并不算遭罪，正所谓醉生梦死，这样的死法，实在应该算是这世上最舒服最令人向往的死亡方法了。

两人聊了太多东西，追忆以前的美好时光，但只是追忆，短短几个月的上下级相处模式，改变了太多东西，他们心里都知道，他们两个人的朋友交情，或许这辈子都回不到像以前那样肝胆相照的状态了。

友情也好，爱情也罢，不管你是青年还是壮年，即便如同朱梦来、曹正春这样，步入中年，一旦出现了某种不可逆转的裂痕，裂痕就是裂痕，只会扩散，不会自主消失，这就是现实。

第二十七章　郁郁不得志

“朱梦来，你会跟我一起干下去吧？你不会跟我提出辞职的，对不对？”曹正春喝高了，醉眼蒙胧，看着朱梦来，曹正春像个孩子。

朱梦来也喝高了，但他感觉自己还很清醒，他脸上露出了笑容，点点头，说：“如果毛明生没有撤资，我或许会提出辞呈，但是现在，毛明生撤资了，给公司留下一堆烂摊子，我不能走，就算要走，也要等公司彻底翻了身后再走。”

“好兄弟，你真是我的好兄弟，朱梦来，哥哥对不住你，哥哥看不得别人比我更风光，你在公司里做出来的成绩，我无论如何是比不上的，哥哥跟你说句大实话，哥哥心里嫉妒你。”曹正春不知道想起了什么，说着说着，泪眼婆娑了。

朱梦来愣了愣，他在背地里胡乱猜想过许多理由，却是万万没有想到，曹正春给他的答案，竟然是这个。他揉了揉鼻子，心里叹了一声，脸上却是露出了笑容，对曹正春说：“好吧，看来我这段时间有些过于锋芒毕露了，我自己竟然没有意识到这点，真是该死，该罚，我自罚一杯酒。”朱梦来一口没干下去，因为喝到一半的时候，他被呛了一下，咳嗽得很厉害，朱梦来心里却很痛快。

两人在醉酒的状态下，谈了许多东西，最后两人勾肩搭背地走出这间老店酒坊，朱梦来直接把曹正春送回了家。

家里很整洁，陈芸不在，她已经走了。

下午，曹正春一觉睡起来头疼欲裂。他瞪大眼睛看着天花板，脑袋里浮现出来的场景，就跟做梦似的，而且真的跟做梦非常像，毛明生撤资？开玩笑，好端端的，公司目前形势一片大好，他又不是疯了，又不是看不到利润，干吗要撤资啊？打女人？更是天大的笑话，我曹正春这辈子，就算死，也不会做出打女人的混账事儿，对女人动手，只有没本事的窝囊男人才能干出这种事儿，但凡有点本事的男人，是绝对做不出来的。

被女人打？这对老曹来说，更是一个天大的笑话，哪个女人敢动手打自己？小芸？小芸那么善良，她是那种动手打人的女人吗？

曹正春下意识地伸手抹了一把脸，好疼！这股真切的疼痛感觉，仿佛把曹正春唤醒了一般，但是他想沉沦，不愿意醒过来，他的脑袋里，又冒出许多乱七八糟的事情，曹正春肆无忌惮地想着，仿佛这样想着，才能让他的心情好一些，再好一些。

曹正春心里迷迷糊糊地想着这些东西，他感觉自己就是做了一个悠长无比的梦，他腾的一下坐了起来，头疼欲裂，环顾一圈，曹正春一时间有点懵，他有种非常陌生的感觉涌上心头，仿佛这间卧室，跟他没有半毛钱关系似的，实际上，这间屋子，正是他睡了十几年的卧室，但是很奇怪，在曹正春心里油然生起一股陌生感觉，这或许是醉酒人醒来后的通病吧？

“小芸，小芸……”曹正春下意识张口叫了两声，然后他屏气凝神，像个神经病一样，竖起耳朵听动静，他在想，陈芸的脚步声，会不会突然出现？

静悄悄的，安静得简直如同太平间一样，曹正春突然疯了一样，赤着脚在屋子里乱转，他几乎把每个屋子都转遍了，空空荡荡的，没有陈芸的身影。然后曹正春又像想起了什么东西似的，他飞也似的跑到自己的卧室，拉开衣柜门，只有他自己的衣物，陈芸的，半点都没有剩下来。

曹正春笑了，笑容有点惨，他看着空荡荡的衣柜，喃喃自语说了一句：“收拾得真干净啊……”曹正春给陈芸打电话，关机，曹正春开车跑遍了火车站、汽车站、飞机场，但是一无所获。

回到家后，看着空荡荡的家，曹正春心里也空荡荡，有句话说的还真有道理，就像照着他的生活模子说似的，有些人，有些事儿，有些东西，一旦失去，就是真的失去了，现在曹正春感觉，他真的失去了某些东西。

曹正春醉生梦死消沉了五六天，五六天时间过去，他脸上的伤疤好了，脸上的伤疤好了，连带着曹正春心里的伤疤，似乎也跟着好了。曹正春一下子振作了起来，他要去公司看看，他要上班，要忙碌，他要把自己用工作充实起来。

来到公司，曹正春没有去他的办公室，直接来到朱梦来的办公室，朱梦来正伏在办公桌上做策划，看到曹正春进来，朱梦来不由得笑了一声，语气略带调侃地问了一句：“缓过来了？联系上小陈没？”

“缓过来了，小陈算是彻底消失了，罢了，有缘无分，终究怪我道行不够，连自己的情绪都控制不住，活该。”曹正春嘴角也露出了笑容，只不过是自嘲的笑容，他说的是大实话，此时他心里，确实在骂自己傻瓜蠢蛋外加活该。

朱梦来笑着摇摇头，没有继续接曹正春的话茬，再接下去，曹正春又该伤心了。这几天朱梦来很忙碌，毛明生撤资，公司资金短缺的状况，再次成了公司最大的短板。没有钱，脑袋里有什么想法都没办法实施。例如朱梦来现在准备的这个策划案，如果毛明生没有撤资，如果公司现在资金宽裕的话，朱梦来相信，他做的这个策划，绝对能取得空前的成功。

“公司状况怎么样？是不是特别糟糕？还有没有救？”曹正春坐在朱梦来办公桌对面的那张椅子上，问朱梦来公司最近的状况。

“还能支撑，倒不是那么糟，只要努力一把，还是有机会上岸的。”朱梦来说着，把他计划差不多的方案，推到曹正春面前，说：“这是我研究出来的新策划方案，你看看有没有什么问题，据我的研究和市场调研，我有把握，这套方案如果能正常实施的话，绝对会取得空前的成功。”朱梦来说得信心十足，事实上，他确实有这个自信，因为这套方案，严格说起来，并不是朱梦来一拍脑门，凭空想出来的。

这是一套经过市场检验的成熟方案，前段时间工作状况驳杂，不适宜拿出来实施，这段时间略有好转，在朱梦来看来，应该是正式实施的时候了。如果能按照方案上面的条件，依次实施的话，朱梦来相信，或许能打一个翻身仗也说不定。

曹正春伸手接过来朱梦来手里的策划方案，只看了前面两页，曹正春直接把方案推了回去，对着朱梦来摇了摇头，说：“这个时候扩大生产规模，承包车间？朱梦来，你怎么想的了？如果在毛明生没有撤资的时候，我绝对二话不说，鼎力支持你的想法，但是现在公司的实际情况，你应该比我更加了解，就公司目前的状况而言，公司承担不起你的这份策划方案。”

朱梦来有些急迫，眼睛直勾勾地盯着曹正春，眼神非常坚定，劝曹正春说：“不试试怎么知道不行呢？不逼自己一把，又怎么知道自己能不能做到呢？我可以跟你保证曹正春，这绝对是一套成熟的方案。承包车间，只是其中一个环节，以前这套方案，在那家台资大型家具生产公司，取得了空前的成功，我认为，我借鉴过来的这套方案，绝对可行。”

曹正春摇摇头，说：“朱梦来，毕竟是借鉴过来的东西，环境不一样，家具主打类型和风格也不一样，这套方案，或许在台资家具公司那块有用，但是在我们美华年轮公司，不一定能派得上用场，你不用多说了，这个方案，在我这儿，并不能说服我投入实施，这件事儿不要再提了。”曹正春看到朱梦来还想再说什么，直接掐死了朱梦来最后的希望，说得斩钉截铁，不给朱梦来留下丝毫的希望。

“曹正春，你……”朱梦来看着曹正春，心里有不快生起，他刚想说些什么，但脑袋里突然冒出那天和毛小钰通完电话后，他领悟到的东西，工作上的事情，只不过是工作罢了，在工作上，他尽力就好，正所谓谋事在人，成事在天。有些工作他已经做了，但在曹正春这个老天这儿不过关，受到阻拦，朱梦来也没有其他更好的办法了。

“好吧，听你的，那你说说你的想法吧曹总，你有没有什么好的办法，可以让我们解决目前的困境？”朱梦来心里的热情，消退了不少，本来他以为他重新焕发了激情，可以利用这股情绪，让自己在公司里做更多的事情，但是现在，他的激情，被曹正春亲手掐灭了，这让朱梦来有些郁闷。

曹正春似乎没有看出朱梦来身上的情绪转变似的，曹正春自己反而来了精神，双眼都冒出了光彩，对朱梦来说了自己的想法，曹正春说："你觉得我们开发出品新家具怎么样？我认为这是一条发财致富的好路子。"

朱梦来脸上露出明显的冷笑神色，他看着曹正春，冷笑着反问了一句："曹总，请问开发一套新品家具需要多少钱？这个钱我们就能承担起了吗？更何况，你能保证，新品家具出来，能在第一时间被市场接纳吗？如果做不到被市场接纳的条件，那么这个方案则只有死路一条。"他们两个人，就这样杠上了。

最后，朱梦来再次开口问曹正春："好吧，我承认我先前的态度有先过激了。曹正春，我们就事论事，你跟我说说你的具体想法，以及新品家具的研究走向。"

曹正春把自己的想法洋洋洒洒说了一大通。总之，用他的话来说，就是在家具的风格和花样上，在添加一点新的东西出来。毕竟，家具本身已经定型了，只能从样式和人们喜好的风格上，做做文章了。

朱梦来认真听了曹正春提出的想法后，皱眉沉思了一会儿，朱梦来摇摇头，依旧表情坚定的给予了否定意见。

第二十八章　人生悲欢离合

曹正春有点恼怒，他感觉朱梦来是在跟他对着干，再说了，先前不是朱梦来自己叫唤着要搞新家具项目研发吗，现在自己提出来了，朱梦来反而拼了命的反对，这让曹正春心里很不高兴。

“那你来说说你的想法，不搞新品家具研发，你说以我们美华年轮公司目前的处境，该怎么弄？难道你有什么更好的项目吗？”曹正春斜眼看着朱梦来，他心里一万个不相信，朱梦来还能凭空想出一朵花儿来不成？毕竟家具市场，囊括的东西就这么多，走固有的家具产品路线，肯定是行不通的，在曹正春看来，目前只有开发新的家具产品这么一条路。

朱梦来还不知道曹正春心里冒出了这么多“敌对”想法，他笑着点点头，对曹正春说：“没错，我心里确实有个不错的想法，严格说起来，也是开发新品，但跟你说的开发新产品，在本质上有极大的不同。”

曹正春冷笑一声，心里更加确定了先前的想法，朱梦来极力反对自己，就是在故意跟自己做对，说来说去，他也是要搞新产品开发，还把自己的提议，反对的一无是处，“朱梦来，我们两个这样争论，真的有意思吗？”

“嗯？什么有意思没意思的？”朱梦来一时间没反应过来，不知道曹正春干吗这样问。

“我的提议是开发新产品，你的提议也是开发新产品，这不是一回事儿吗？你拼了命反对我提出的提议，有什么用？”

朱梦来笑了一声，又把他先前趴在桌子上鼓捣的方案，给曹正春推了过去，笑着说：“曹正春，你刚才看得太不走心了，你在接着往下看，看完我们两个再仔细讨论。”

曹正春心里不快，但还是耐着性子，把朱梦来弄出来的方案仔细看了一遍，越看，曹正春心里越吃惊，朱梦来的计划，做得非常周详，开发方案，生产方案，宣传方案，以及后续的销售推广方案，都罗列得非常详细。

这本来就是朱梦来的特长，没什么好奇怪，让曹正春吃惊的是，朱梦来提出的研发新品方案，并不是什么简单的形势、风格等方面的创新，而是打算完全推翻现在的家具使用模式，采取对更加智能化更加方便化的家具进行研发。对于这点，曹正春在先前的时候，倒是有印象，他听朱梦来念叨过他的想法。

当时曹正春的第一反应，就是朱梦来的想法根本不靠谱，先不说现在的市场能不能接受这个东西的问题，光是智能家具的编程软件等等，就需要 IT 那边极为精深的行业技术，这是跨界的东西，现在来搞，曹正春实在看不出有什么搞头。

“朱梦来，不是我说你，做事情一步一步来，我们现在还没学会走呢，你就想着直接飞，这不是等着盼着摔跟头嘛！”看了朱梦来提供的方案，虽然方案内容很详细，但曹正春给出的答案，依旧是非常坚定的否决，他认为朱梦来在好高骛远。

朱梦来看着曹正春说："曹正春，我们试一试吧，第一个试着吃螃蟹的人，永远是最先致富的那批人，不创新，我们怎么求发展，怎么和同行业的家具公司竞争呢？尤其我们美华年轮的品牌，严格说起来，顶多属于杂牌行列，跟知名的家具公司相比，根本没有任何品牌优势。我们现在唯一的出路，就是要想办法走到那些大品牌家具公司的前面，不然的话，我们美华年轮公司未来的发展前景，说不好听点，这辈子也就这样了。"

"不行，我不同意。"曹正春打定主意要反对到底，他说了不行就不行，毕竟现在公司的状况，虽然比前段时间稍微好了一点，但是大董事毛明生撤资后，公司又重新陷入资金周转困难的硬性问题，而在现有家具市场上，开发新样式家具，总体来说，投资成本还相对小一些，如果按照朱梦来的计划研发的话，曹正春有预感，这个项目，肯定会成为一个烧钱的无底洞，会把公司本来就存在的问题，更加无限度的放大，他怕公司被朱梦来这个计划彻底拖垮。

朱梦来见没办法说服曹正春，他心里有些遗憾，在台资家具公司的时候，朱梦来就想到了这个项目，但是还没有提出来，他就从那家公司辞职了。来到曹正春的美华年轮公司后，这个被搁置的想法，又重新被朱梦来提了出来，但没想到，曹正春在这件事儿上的态度，竟然是坚决反对。

曹正春坚决反对的态度，让朱梦来意识到，他这个智能家具开发研究的计划，又要无限期地被搁置了。

最后经过董事会研究，公司决定采取曹正春提出来的样式、风格创新的计划，而朱梦来提出的计划，虽然在他的坚持下，上了董事会的议案，但是响应者寥寥无几。大家都了解美华年轮家具公司目前的形势，朱梦来的计划，被一致认定为有些好高骛远。

过了大约一个星期的时间，毛小钰给朱梦来打来电话，说她在成都的学习任务结束了，打算明天赶回深圳。

在美华年轮公司郁郁不得志的朱梦来，又回到了先前那种状态，他现在对曹正春和美华年轮公司有些死心了，虽然工作照样做着，没有落下丝毫，但是对于工作的热情度，朱梦来却在无限的消退着，现在工作对他而言，彻底成了工作，可以说没有丝毫乐趣可言。

毛小钰的这个电话，让朱梦来决定享受生活，工作上的事儿，绝对不能跟私人生活联系到一块，这一直是朱梦来秉持的态度。

毛小钰回来的第三天，朱梦来接到了女儿朱茵茵打过来的电话，这个电话里的噩耗让朱梦来万万不能接受。

他的老母亲，突然去世了。

据女儿讲，老人家走得非常安详。得到这个消息后，毛小钰主动提出，想请假陪朱梦来一块回江西老家。朱梦来明白毛小钰跟他说这个话是什么意思，这说明，毛小钰已经彻底认定了朱梦来，心里生起了想跟朱梦来一起生活的打算。

如果没有发生老太太去世这件事儿，朱梦来听到毛小钰表露出来的意思后，肯定会高兴得心花怒放，但是现在嘛，朱梦来心里实在开心不起来，毕竟他的老母亲，永远地离开了世界，这让朱梦来有些猝不及防。

朱梦来第一时间跟曹正春请了丧假，甚至朱梦来心里冒出了就这么离开美华年轮公司的想法，但是曹正春说什么也不同意，只说他想请多长时间假，就给他放多长时间，但辞职这个事儿，就不要提了。

在给老太太举办丧事儿期间，毛明生也过来了，毛明生在饶州是大人物，他主动找人帮忙，忙前忙后的，出了不少力。

丧事儿结束办答谢礼的时候，朱梦来叫着毛明生、毛小钰等人，一块吃了一顿饭。在饭桌上，毛明生安慰朱梦来节哀之余，问朱梦来："最近工作怎么样？我撤资后，曹正春有没有找你麻烦？"

朱梦来叹了口气，把他和曹正春对于公司的理念纷争，给毛明生详细讲了一遍，听完朱梦来讲述的东西，毛明生露出了非常感兴趣的神色，他对朱梦来说："在家具销售签约这一块，我这儿刚好有个认识人，唉，你们那个曹总，为人我是真的看不上，虽然等于间接帮了他，但是，既然你提出来了，我把这个大型家具商场负责人的电话给你吧，你私下跟他联系，就说我介绍认识的，相信能帮你解决目前的燃眉之急。"

毛明生听了朱梦来说的难处，虽然心里不太痛快，但还是豪爽地提出了主动帮助，这让朱梦来非常感激。不过，相比家具销售这一块，毛明生显然对朱梦来的那个策划案更加感兴趣，他问朱梦来："不过你策划那个生产智能家具的提案，听起来貌似很有搞头，这个想法挺超前的，朱梦来，不得不说，你果然是神仙一样的人物，你的思维，常人根本跟不上，这样吧，你的那份计划书有没有带回来？拿给我一份看看。"

"我回来是给老母亲办丧事儿的，又不是要做生意，带那东西干吗？既然通不过就算了，这都是命，遗憾就遗憾吧，不强求了。"朱梦来说的有些郁郁寡欢。

"我不是那个意思，我的意思实说，你回到深圳以后，把那份智能家具的研发方案，给我拷贝一份过来，我叫这边专门评估人做下风险估测，如果合适的话，大不了我负责投资，你负责研发、生产、宣传推广以及销售等事宜，让你也过一把当老板的瘾，毕竟你怎说都是未来当我姐夫的大人物，怎么能给人家打工呢？”毛明生越说，越觉得朱梦来这个事儿能做成，说到最后，毛明生还忍不住打趣了一下朱梦来和毛小钰。

毛小钰丢给表弟毛明生一个大白眼，她的脸微微泛起一丝红晕，本来毛小钰不是一个轻易害羞的女人，只是，朱茵茵在她身边挨着她坐着呢，朱茵茵对毛小钰的态度非常亲昵，一口一个毛姨地叫着，表现得分外亲热。

毛小钰在面对朱梦来、毛明生等人的时候，表现得还算镇定，但是在朱梦来的女儿面前说这方面的事情，毛小钰就有些不好意思了。

听了毛明生说的话后，朱梦来又动了心思，本来他短时间是不打算回深圳市的，现在心里的小火苗，被毛明生重新勾起来以后，朱梦来决定赶回深圳市，如果这事儿能成的话，朱梦来倒是真想做出一番成绩，让曹正春看看了。

但女儿现在一个人在这边不放心，最后没办法，朱梦来和女儿商量了一下，决定让她辞去在饶州的工作，去深圳发展吧，就算没什么好工作，以朱梦来现在的资产，给女儿弄个商铺，也能解决她以后的生活了，更何况，在朱梦来看来，他的女儿非常优秀，找份工作，肯定能干好的。

回到深圳后，美华年轮公司发生了一件可喜可贺的大事儿，曹正春推行的新产品研发大获成功，在市场上引起的反响非常好。

这个项目的成功，引起的直接效果，就是推动了美华年轮公司上市的节奏。尽管美华年轮公司目前资金短缺，但国家对于公司上市有措施，新三版、新四版，就是国家针对这类情况，特意推出来的方案。

确切来说，新三板是一套融资方案，曹正春这套新产品打出的时机恰到好处，成功融资，可以说，美华年轮公司上市，已经逐步提上了日程。

朱梦来回到深圳后，没有急着回去上班，在电话里，曹正春得意扬扬地跟朱梦来炫耀公司即将上市的消息后，朱梦来跟曹正春道了句恭喜，然后顺便邀请曹正春，他打算在深圳请那些没有去江西老家随礼的朋友、新老同事吃上一顿饭，表达谢礼。

第二十九章　无眠的夜

美华年轮公司即将上市，曹正春这几天，很是春风得意，时不时溜达进朱梦来的办公室，得意扬扬地跟朱梦来炫耀："如果当初按照你提出的计划方案，开发智能家具的话，现在我们公司指不定还在那个犄角旮旯里窝着呢，怎么样朱梦来，承不承认，这次你走眼了。"

朱梦来看着曹正春笑了笑，没有说话，成绩是靠人做出来的，曹正春做出了成绩，而朱梦来现在说什么的话，就是空口说白话了，不但起不到什么具有说服力的成效，反而凭空掉了架子。

本来朱梦来打算跟曹正春说毛明生跟他讲的事情，但朱梦来想了想，智能家具开发，确实需要时间，现在说，只能在曹正春面前徒增笑柄，另外，与深圳那家大型上场签约的事儿，朱梦来回来后整天忙碌，还没来得及跟对方接洽，他心里还没有十足把握，想等事情差不多确定之后，再跟曹正春报告吧。

"曹总，不管怎么说，公司即将上市，对于我们公司来说，都是一件大喜事儿，恭喜恭喜，公司发展前景好了，我们这些员工，也跟着沾光了。”朱梦来笑着恭维了曹正春一句，这段时间，他和曹正春之间的关系有点微妙，似乎有那么点针锋相对的意思，朱梦来想改善这个关系，毕竟曹正春这个人，作为朋友，还是非常不错的。

曹正春听了朱梦来说的恭维话，果然很高兴，大笑了两声，说晚上要请朱梦来出去撮一顿，以示庆贺。朱梦来心里本来就存着改善、缓和双方关系想法，自然不会拒绝，约好时间后，曹正春又缠着朱梦来，要在棋盘上跟朱梦来杀两盘。

晚上，朱梦来提前跟毛小钰打了一个电话，他上午的时候，还想着晚上和毛小钰一起吃饭看电影，但曹正春这边有邀约，这个想法自然搁浅了。

毛小钰也跟朱梦来笑着推脱说晚上有饭局，这样反正两人都有事儿，煲了一会儿电话粥，约定了改天吃饭后，朱梦来动身向曹正春订好的地方赶去。

曹正春已经先一步到了，给朱梦来打了好几个电话催促。

进了包间，朱梦来不禁愣了一下，因为他赫然看到，毛小钰竟然也在包间里，而且看她和曹正春说话的语气，他们两个人竟然表现得相当熟络。除了他们两个之外，雅间里还有几个人，朱梦来以前都打过照面，不算陌生。

也不知道怎么回事儿，看到毛小钰在这里，并且和曹正春融洽相谈的这一幕，朱梦来心情略微有些低沉，他勉强笑着跟众人打了个招呼，目光带着诧异看向毛小钰，露出询问的神色。这么久以来，他是真的不知道，毛小钰竟然跟曹正春一直保持着联系，这让朱梦来心里堵得慌。

毛小钰也有些尴尬，虽然她知道曹正春是朱梦来的老板，但今天曹正春跟她提起邀约的时候，她心里就知道，朱梦来也会参加这个饭局，毛小钰之所以没告诉朱梦来，完全是因为，在曹正春的说服下，两人有了一个私下的小约定。而朱梦来并不知道这点，这么一来，相当于闹了个不大不小的乌龙，虽然毛小钰有跟朱梦来说话的心思，但为了试验她跟曹正春做的那个小约定，毛小钰愣是忍着不主动搭理朱梦来，而此时毫不知情的朱梦来，心里堵得很厉害，尤其那种文人的尊严和傲气，让朱梦来没心思主动跟毛小钰说话，而毛小钰表现出来的态度让朱梦来的心情更加不好了。

“来来，朱梦来，过来我身边坐，事先声明，我邀请毛小钰医生，可不是存了挖你墙角的意思哦，你不要放在心上，现在毛医生是我的主治医生，我们公司出了这么一件大喜事儿，正好借着这个机会，把毛医生叫出来一起吃顿饭，朱梦来，你不介意吧？”曹正春面带笑容跟朱梦来说着，那天朱梦来相亲的时候，曹正春在身边作陪，他从侧面跟毛小钰聊过，得到毛小钰和朱梦来只是在接触的消息后，曹正春对毛小钰，突然变得主动起来了。

“我介意什么呀？我们两个也只是朋友，再说了，大家都是成年人，谁还能把谁强硬地绑在身边拴着呢？”朱梦来心里有醋意翻滚，话里带话地说了一句，说这句话的时候，朱梦来特意看了眼坐在曹正春另一边的毛小钰，看到毛小钰脸上没什么特别的表情，朱梦来心里的醋意，顿时更加浓郁了。

这顿饭，朱梦来吃得非常不是滋味，他心里堵得厉害，偏偏胸口那股文人傲气，让朱梦来还得把这股子不爽劲，硬生生地憋了回去。朱梦来不知道曹正春和毛小钰，除了曹正春说的那种医生与病患的关系之外，还究竟有没有其他更深一层的关系。

平时朱梦来不是这样的，但自从毛小钰跟他一起回江西老家之后，在朱梦来心里，就把毛小钰当成了自己的女人，虽然他们两个没有发生什么实质性的男女关系，但异性之间的交往，有时候就是这么一回事儿。尤其曹正春的身份还不一般，是个有钱的大老板，本来朱梦来心里对自己是有自信的，但是和曹正春一比的话，在身家上，还是差了那么几分。

这是一种隐形的自卑心态，但朱梦来并不这么认为，而他在饭局上，与往常截然不同的表现，则映射出了这方面的东西。

最后，朱梦来借口有事儿，提前离席了，在往外走的时候，他没有看坐在曹正春另一边的毛小钰。回去之后，心情郁闷的朱梦来，今天晚上也没有跟毛小钰打电话，他心里有些患得患失，又有些隐隐的愤怒，他不知道曹正春他们几点散的场，也不知道毛小钰有没有回家，几点回的家，是不是曹正春开车送她回去的？

朱茵茵敏感地发觉到朱梦来身上的不对劲，她古灵精怪的上下打量仿佛失了魂的朱梦来，故意笑着问："老爸，看你这副模样，怎么，跟毛姨闹别扭了？"

"大人的事儿，你小孩子少掺和。"朱梦来瞪了一眼女儿，不想在这件事儿上，跟女儿多聊。

"哟，真的有事儿啊！"朱茵茵顿时来了兴趣，心里燃起了熊熊的八卦之火，凑过来问朱梦来："父皇大人，这女人的心思，女人最理解，你跟我说说，你们之间具体出了什么矛盾，我帮你分析分析，你自己一个人瞎想，肯定越想情况越坏。"

朱梦来再次瞪眼，直接走进自己的卧室，并且反手锁上了门，这个时候，他可没有心情满足女儿心里的小八卦。

"切！"朱茵茵碰了一鼻子灰，在朱梦来卧室门口翻了个白眼，大眼睛一转，心里顿时有了主意，偷笑着跑回了自己的卧室。

回到卧室之后，虽然朱梦来心里迫切地想知道答案，但那股文人的傲气和尊严，让他愣是忍着没有跟毛小钰主动联络，朱梦来笑得有些讽刺，在饭局前半小时的时候，他跟毛小钰煲电话粥时，他还感觉与毛小钰的心灵无限贴近呢，但这才过了多长时间，现在朱梦来感觉，他和毛小钰之间，仿佛隔了一座山那么远的距离，甚至隔了一片天，遥远得让朱梦来窒息。

更让朱梦来心生失落的是，他没有主动联络毛小钰，而直到晚上快十二点多钟了，毛小钰也没有主动给他打电话或者发短信息，这让独自一人的朱梦来，更加患得患失起来。

而朱梦来不知道，此时曹正春正在跟毛小钰打电话，曹正春就在毛小钰的楼下，饭局散了后，曹正春亲自把毛小钰送回了家，到楼下的时候，曹正春想上去，但被心情不是太好的毛小钰拒绝了。曹正春没有马上离开，而是把车子靠边停下，过了十几分钟的时候，他才找到毛小钰的号码拨了过去，就在毛小钰的楼下，仰头看着毛小钰屋里的窗口，跟毛小钰通话。

“毛医生，正如同我先前跟你说的那样，一个男人，他的心里究竟有没有这个女人，究竟多么爱这个女人，当竞争者出现之后，完全可以看出很多东西。就拿今天的这件事儿来说，朱梦来心里确实有你，但是他的心里，你占据的比例究竟有几分，我就不好多说了，因为你自己也应该能感觉到，今天朱梦来的做法，实在让人太失望了。”

“比如，我心爱的一个女人，如果她跟别的男人表现出暧昧的话，我会紧紧盯着她，哪怕心里再生气再愤怒，也断然不会丢下她，自己率先离开，这种提前离席的行为，是不负责任的表现，毛医生，我敢打赌，如果你今天不主动联络朱梦来的话，他今天肯定不会主动跟你联络，两个人是否真的相爱，是否真的适合凑在一起过日子，就得看出了问题之后，双方有没有沟通，从你们的交往上面，我看不到丝毫沟通，所以，毛医生，朱梦来不适合你，我觉得，你可以考虑一下我。”曹正春在说这些话的时候，脸上的表情很复杂，说不出他具体说这些话的时候，心里究竟存着的是什么心思，反正，如果让朱梦来听到曹正春的这番话，朱梦来肯定会非常愤怒的。

电话另一头，此时毛小钰心情确实有些低沉，按照她预先的设想跟计划，事情走向绝对不是这样子的，她想看到朱梦来有担当的一面，可是，今天在饭局上，朱梦来的做法，确实让毛小钰很失望，尽管毛小钰现在跟曹正春通着电话，而且曹正春还明确表达出了暧昧的语气和心思，但毛小钰的心里，想的却都是朱梦来。对朱梦来，毛小钰是真的上心了，否则的话，她在听说了朱梦来母亲去世的消息之后是不会跟着朱梦来回去的。

事实上，通过这件事儿，毛小钰认为她的态度，已经表现得非常明朗了，而且不管在老家，还是回来深圳的这段时间，毛小钰能看得出来，朱梦来应该是看到了她表现出来的态度，但是话说回来，今天朱梦来的表现，让毛小钰心里有些动摇了。

“明天我上早班，不说了曹总，晚安。”对于曹正春说的暧昧的话，毛小钰没有回应，她跟曹正春通话的时候，仿佛又变回了那个气质清冷的毛小钰，说完后，她也不等曹正春再开口说什么，率先挂断了电话。

毛小钰家楼下，曹正春坐在车里，握着已经被挂断的电话，怔怔失神。此时，他心里燃起了一团火，陈芸走后，曹正春突然对那些小女孩不感兴趣了，他想找一个知性的同龄女人，这种女人不太好找，但不可否认，毛小钰非常合适，尽管他心里知道，朱梦来对毛小钰同样有这方面的心思，而且陷得比他更深，但正如同曹正春先前在电话里跟毛小钰说的那样，在异性恋爱这件事儿上，曹正春的表现，宁愿主动，也不愿意退缩，在他看来，退缩是懦夫的标志，而他曹正春，从来不是一个懦夫。

曹正春坐在车子上静静的沉思，思绪烦乱，一会儿冒出朱梦来，一会儿冒出毛小钰，一会儿又冒出陈芸的身影，等他回到家的时候，已经过凌晨了。

这个夜晚，注定是一个无眠的夜晚。朱梦来时不时地拿起电话看两眼，都快一点钟了，毛小钰还没有什么消息传过来。

毛小钰也失眠了，她也时不时地看两眼电话，不知道怎么回事，毛小钰此刻心里突然有些后悔，她觉得，今天配合曹正春，一起在朱梦来面前演这场戏，就是一个非常错误的决定。但已经这样做了，后悔也晚了，现在毛小钰心里也较上了劲，她毕竟是个女人，有女人先天的矜持，她倒要看看，朱梦来要这样能憋多久。

第三十章　醋意翻滚

正在毛小钰一个人生闷气的时候，她的电话响了，毛小钰顿时精神一振，第一时间拿起电话，迫不及待地看向电话屏幕上的来电显示名字，是朱茵茵打过来的。

见不是朱梦来，毛小钰心里稍微有些小失望，皱着眉头，喃喃自语说了一句："哼，你自己不打电话，让你女儿打电话过来，是什么意思？"

毛小钰很快接通了电话，电话对面，朱茵茵压着嗓子说话的声音传了过来，"毛姨，我是茵茵，你跟我爸闹小别扭了？跟我说说怎么回事儿？我爸一回家，就把自己关进卧室里面了，他的心情可是很不好啊。"

"活该！"毛小钰心里说了一句，嘴角却是不由自主地翘起了一个弧度，朱茵茵描述的朱梦来模样，仿佛在她心里第一时间呈现出来了似的，活灵活现，这至少说明，朱梦来是真的在乎她，这让生着闷气的毛小钰，心里略微有几分安慰。

虽然跟晚辈说这件事儿，让人有些难堪，但毛小钰没打算瞒着朱茵茵，而是跟她做君子约定，说："我可以跟你说事情经过，但是我们两个首先得做个约定，我跟你说的话，你绝对不能传到你爸爸耳朵里，怎么样？"

"成交！"朱茵茵兴奋的声音传了过来，这是小女孩的天性，最喜欢这些情感上的八卦事情了。

在电话里，毛小钰把她和曹正春的事前约定，以及她这样做的本意，原原本本地说了一遍，当然，那会儿曹正春跟她打电话，并且表现出暧昧心思的事儿，毛小钰没有讲，毕竟这话要是说出来，怕是本来没有这方面的事情，也会冒出几股这方面的味道，为了避免再度增加误会，毛小钰把这件事儿直接压下来了。

毛小钰跟朱茵茵在电话里谈了半个多小时，最后，临挂电话的时候，茵茵在电话里，表达了她对毛小钰的支持，说："毛姨，这件事儿你做得对，我爸那人，太小家子气了，不对，他不是小气，而是文人的傲气太浓郁了，觉得丢了面子，他拉不下脸跟你主动联络，依我看，你考验的力度还不够，没有触及他的尊严底线，这样吧，我们再计划一下，给我老爸来个狠一点的测试……"

在两个女人通过电话"密谋"的时候，朱梦来对这一切并不知情，他还处在心思烦乱的失眠当中呢……

第二天，朱梦来正常上班，从他的神态上来看，似乎昨天晚上饭局上以及饭局后的事情，仿佛对他并没有造成什么特别的影响。看到公司员工，朱梦来依旧表现的如同往常一样，该说说该笑笑，看不出半点异样来。

但是，天知道朱梦来此刻心里憋得多难受。朱梦来特意看了眼曹正春平常停车的位置，曹正春的车子不在，看来他还没有来公司上班。

这让朱梦来心里愈发患得患失起来了，他不知道，曹正春究竟是因为昨晚喝多了，导致今天起不来床，还是因为其他什么特殊事情，耽误了今天的上班呢？

脑袋里冒出这个想法后，朱梦来心里，似乎有一只猫在用爪子挠着他的心一般，让朱梦来心痒痒的，难受得厉害。

他在公司里待得有些闷了，朱梦来想给自己找点事儿做，他拿起电话，下意识的翻到了毛小钰名字这一栏，冲动了几次，最后都被他强忍着没有拨出去。最后朱梦来还是拨通了电话，但是没有拨打毛小钰的电话，而是拨打了毛明生在饶州的时候交给他的那个电话号码，这是深圳那家超级大型超市的负责人电话。按照毛明生的说法，如果跟这个人成功联系接洽，并且最终确定合约的话，对于美华年轮公司销售这一块，绝对是一笔天大的助力。

对方一听朱梦来是毛明生介绍过来的，顿时表现得非常热情，说："您就是毛明生那个小子说的初中同学朱梦来？哈哈哈，我叫杨海，和毛明生是结拜兄弟，没少听他讲你的事儿，这件事儿，几乎成了毛明生每次醉酒的保留节目了。"跟朱梦来打电话这个人，叫杨海，他办事儿非常爽快，直接给朱梦来交了底，说："最近，我们超市确实有签约家具公司的想法，你们的美华年轮公司，也确实在我们的考察范围之内，虽然排名靠得后了一些，但有你就不一样了，这样吧，这几天我就派人去你们公司进行实地考察，放心，只是一个流程，不会出啥大问题的，考察结束后，我们就正式签约，你看怎么样朱哥？"

"太感谢你了，我请你吃饭吧！"朱梦来心里充满感激，毛明生办事儿，一如既往的靠谱。

"不用废那事儿，等毛明生再来深圳的时候，我们两个合伙好好宰他一顿，那小子的钱，多的这辈子都花不完，我们帮他花好了，哈哈哈！”杨海笑得很爽朗，跟朱梦来敲定这件事儿后，两人又闲聊了一会儿，便挂断了电话。

与杨海通过话之后，朱梦来心里总算有了几分底气，知道与这家超级大型超市签约的计划，基本上稳了，朱梦来本来想第一时间告诉曹正春这个好消息，但是，当他拿起电话的时候，昨天晚上饭局上出现的一幕幕，又在他脑海里浮现出来了，这让朱梦来犹豫了一会儿，电话最终还是没有拨出去。

更何况，曹正春直到现在都没有来公司上班，谁知道他是在家呢，还是在哪儿呢，这让朱梦来心里有些别扭，这个时候，他不想跟曹正春说话。

虽然他迫切地想知道某些事情的结果，但出于自尊和男人那点所谓的小傲气，朱梦来硬生生忍住了，既没有给毛小钰打电话询问，也不打算通过曹正春这块侧面打听，现在，朱梦来只想静一静，一个人安静地理理心头烦乱的思绪。

朱梦来一个人心思杂乱的时候，他不知道，他的宝贝女儿朱茵茵，此刻又在跟毛小钰通电话，两个女人在电话里商量着，确定最后的刺激朱梦来方案。

曹正春昨天晚上没有喝多，他今天起床很早，但是故意没有去公司，接到朱梦来很早就去公司上班的消息后，曹正春脸上露出一丝深沉的笑容，他玩起小心思，故意不去，让朱梦来自己在那儿胡思乱想去吧。以他对朱梦来的了解，知道这个时候的朱梦来，肯定在暗中关注他的动向，现在他根本不现身，这样的话，朱梦来又不好意思跟别的员工打听，只能自己在那儿胡乱想了，这种事儿，肯定是越想越乱，越想，越会往坏处想，反正他就是认定，朱梦来与毛小钰虽然看对了眼，但他们两个确实不太般配，现在他对毛小钰动了心思，可不想轻易向朱梦来认输，甚至，曹正春心里冒出了必赢的信心。

接到毛小钰打过来的电话后，曹正春心里的自信，顿时更加浓郁了，接起电话，毛小钰略显清冷，但又非常好听的声音传了过来，说：“曹总，你今天中午忙吗？我中午想请你吃饭。”

曹正春听到毛小钰竟然主动向他提出邀约，顿时有种心花怒放的愉快感觉，他头点得跟小鸡啄米似的勤快，笑着说：“我们的毛小钰毛医生主动邀约，就算没有时间，也要挤出时间来赴约，还有，不要叫我曹总，这样称呼显得太生分了，毛医生，你叫我正春就好了，或者不想叫正春，叫我曹大哥也行，毕竟我比你稍微年长几岁，这声大哥还是承担得起的。”

“我还是称呼您曹总吧，那行，就这么说定了，待会儿订好地方后，我通过短信告诉您详细时间和地点。”说完，毛小钰似乎不愿意多说什么了，直接挂断了电话。

曹正春心里非常高兴，拿着电话嘿嘿傻笑，他觉得，这件事儿十有八九有戏，在这瞬间，曹正春仿佛看到了春天，向自己奔涌过来。

“朱梦来，这事儿委实让不得，也万万不能让，等哥们的终生幸福大事儿解决了，老哥一定给你重新瞅一个合适的。”高兴万分的曹正春，还在惦记着朱梦来呢，不过，要是朱梦来得悉了事情的经过之后，再听到曹正春的这番话，肯定会对曹正春竖起中指，然后跟他说两个字：“无耻！”当然，朱梦来的拳头，会不会砸在曹正春脸上，这就是全凭想象的事情了，毕竟在想象当中，万事儿都是有可能的。

很快，毛小钰发来了时间和地点，这个地方，曹正春不但听说过，以前还和女伴一起去过，是一间格调非常优雅的高规格约会场所，蓝色晴天咖啡屋，听名字，就有种浪漫冲击心灵的感觉。

曹正春开始梳洗打扮，又是喷香水，又是抹发胶，光是搭配衣服，就花费了曹正春半个小时的时间。由此可见，对于毛小钰，曹正春是真的上心了。

精心打扮过后的曹正春，看起来分外的风流倜傥，一股成功中年男士的特殊魅力，表现得淋漓尽致。

为表诚意和贴心，曹正春故意提前赶到了毛小钰的楼下，在路上，他还特意买了一大束鲜艳芬芳的玫瑰花，一切看起来都无比浪漫。

然后，曹正春给毛小钰打了电话，他想给毛小钰一个浪漫的惊喜。

毛小钰接到曹正春打过来的电话，听到曹正春已经在她楼下过来接她的时候，不由得愣了一下，曹正春表现出来的东西，确实有些出乎毛小钰的意料，她也没有想到，曹正春竟然对这件事儿这么上心。

“如果没有朱梦来，你会不会对曹正春动心呢？”毛小钰心里这样问自己，但是没有答案，世上没有那么多如果，有的事情，发生了就是发生了，已经不可改变，有的心思，动了就是动了，想要彻底忘却，却是万万做不到。

精心打扮过的毛小钰，看起来美丽的如同仙女下凡一样，完全不像一个四十岁出头的女人，她皮肤白皙，五官精致娇俏，身段婀娜多姿，气质清冷，自带三分优雅，再加上那股经历过时间洗礼才会出现的特有成熟味道，让她浑身上下，散发出来了无与伦比的巨大魅力。

曹正春必须承认，看到这样的毛小钰，他再一次惊呆了，被电到了，与此同时，更激发了他追求毛小钰的心思，他要把这个魅力无边的女人追到手。

心情愉悦的曹正春，开车时候的心情，都是带着一股放飞的气息，他感觉如同在梦里一般，身边坐着极品俏佳人，自己事业有成，一切都是那么美满顺当，两人来到蓝色晴天咖啡屋，成熟稳重、仪表堂堂的曹正春，五官精致、体态迷人的毛小钰，顿时成了全场注目的焦点，他们看上去，实在太般配了。

这里是情人约会的天堂，气氛优雅浪漫，格调令人舒心，一向有些大老粗的曹正春，此刻竟然变得细腻绅士了许多，他脸上带着谦和的笑容，优雅而又颇显风度的帮毛小钰拉椅推座，表现得非常得当，令看到这一幕的男女情侣羡慕折服。

办公室里，朱梦来现在的心思，确实更加烦乱了，曹正春预料的没错，朱梦来一个人坐在这里胡思乱想，果然越想越乱，他脑海里面呈现出来的东西，似乎越发不堪，这让朱梦来心绪非常烦乱。

第三十一章　刺激过头

这个时候，他的手机响了起来，听到手机铃声响起，朱梦来的精神下意识地振奋起来，但看到电话是宝贝女儿朱茵茵打过来的时候，朱梦来顿时失落了，整个人都变得无精打采，懒洋洋地接起电话，喂了一声，问："茵茵，你这个时候给爸爸打电话干吗？我这边工作正忙着呢，没有什么大事儿的话，我们回家再说。"

"爸，真是的，您这是什么态度，接女儿的电话就让您老人家这么不情愿吗？"那边，朱茵茵撅起了嘴，故意表现得很伤心。

朱梦来没有把握到重点，反驳道："谁是老人家了？你老爸我可不老，正值壮年，是当打之年。"

朱茵茵扑哧一声笑了，说："好，好，老爸最年轻了，永远都不老，不过，我给您打电话，还真有大事儿，非常大的大事儿。"

"啥大事儿？你交男朋友了？还是你找到工作了？"朱梦来才不相信女儿能有啥了不得的大事儿呢。

“事关毛姨，您说事儿大不大？！”朱茵茵偷笑了一声，一本正经跟朱梦来说着。

朱梦来心思一动，没有马上搭话，他沉默了一下，声音有些低沉，过了片刻才问朱茵茵：“你毛姨怎么了？她发生什么事儿了？”

“老爸，电话里说不清楚，我在蓝色晴天咖啡屋附近呢，您要是真担心毛姨的话，最好自己赶过来看看吧，如果您心里没有毛姨，那就得了，当女儿这个电话没给您打过就是了。”朱茵茵故意说的神秘兮兮，让朱梦来自己做决断。

“好吧，我最多十分钟就能赶过去。”朱梦来不知道毛小钰出了啥事儿，心里有些担心，挂了电话后，他马上动身，向蓝色晴天咖啡屋赶了过去。

顺利地找到宝贝女儿朱茵茵，朱梦来转着脑袋四下看着，没有看到毛小钰的身影，面带怀疑地看着朱茵茵，问：“你是不是想要爸爸陪你逛街，故意把爸爸骗出来的吧？爸爸工作忙，你要想玩，等哪天有时间了，爸爸特意腾出时间陪你……”朱梦来正苦口婆心说着呢，只见朱茵茵脸上露出古怪的神色，突然伸手指着一个方向，对他摇头晃脑的示意了一下，说：“看那个方向，老爸，你看到了什么？”

朱梦来顺着女儿王婷指着的方向看去，他刚开始还没看到啥，在定睛看的时候，身体顿时晃了一下，他竟然看到，毛小钰正跟曹正春坐在蓝色晴天咖啡屋里喝咖啡？

“他们之间的关系，已经到了这个地步了吗？”朱梦来感觉自己的心脏，仿佛被一柄大锤砸中了似的，整个人脸色看起来苍白无比，异常难看。

“老爸，你没事儿吧？”朱茵茵被朱梦来的表现吓了一跳，她心里顿时开始担心朱梦来了。

“没，没事儿，老爸能有啥事儿，想吃啥，老爸回去给你做，走吧，我们回家吧。”在这瞬间，朱梦来心里有种万念俱灰的感觉，他突然很想逃避，像只受伤的野兽一样，躲回家的港湾里面，独自舔舐伤口。

朱梦来嘴里这样说着，眼睛却是仍旧死死盯着毛小钰他们那个方向看着，他看到曹正春给毛小钰递上了鲜艳的玫瑰花，他看到毛小钰嘴角边挂的浅笑，朱梦来感觉自己的心都要碎裂了，疼痛无比，似乎都要窒息了。

看到朱梦来脸上露出这幅伤心欲绝的模样，朱茵茵不由得十分心疼，她不忍心继续刺激朱梦来了，但为了计划的顺利进行，她看着朱梦来，青春气息洋溢的俏脸上，浮现出严肃认真的表情，她说：“老爸，你知道吗？其实毛姨心里有你。”

“胡说，他们都这样了，还有什么我，大人的事儿，你就不要掺和了，走吧，我们回家吧。”朱梦来苦笑一声，曹正春和毛小钰都已经到了约会这个地步了，他还能多说什么？

“不，老爸，你不知道，毛姨之所以这样做，是有苦衷的。昨天看到你回家后，情绪很不对劲，你不跟我说，后来我私下给毛姨打了电话，她告诉我了事情的全部经过，事情并不是你想象的那样，而是你的这个曹老板，利用你威胁过她，如果不答应他的要求的话，你们老板就要炒你鱿鱼。”朱茵茵非常自然的胡说八道着，她就是要给朱梦来冲出去的决心，只要朱梦来动了，这一关就算过了。

“什么？”朱梦来浑身一震，顿时怒目圆睁，破口大骂：“胡说八道，一派胡言，曹正春太过分了，岂有此理，他怎么能这样？”朱梦来如同一头暴怒的雄狮，愤怒地朝蓝色晴天咖啡屋方向大步走了过去。

接下来的事情，有些超乎毛小钰、朱茵茵的预料，暴怒的朱梦来，走进蓝色晴天咖啡屋之后，二话不说，对着曹正春的脑袋，就是势大力沉捶了几拳，曹正春直接被朱梦来的拳头捶懵了，反应过来之后，曹正春丝毫不尿，两个中年男人，就这么在大庭广众之下，扭打在一起，那画面实在太美，简直不忍描述。

“毛姨，我们是不是玩得有些大了？”朱茵茵有些担心和害怕地看着这一幕，长这么大，她还是第一次见老爸跟人打架呢，还是跟他的老板打，这有些出乎她的意料，按照她的计划，事情走向不是这样的啊。现在闹成了这样，那可怎么办啊？

毛小钰也有些发愣，她也不知道该怎么办了。正要上前拉架的时候，朱梦来和曹正春都住手了，“姓朱的，你神经病是不是？”曹正春嘴角被打破了，有血流出来，成熟男人的那股风流倜傥劲，被破坏的干净彻底，他心里非常恼火愤怒，搞不懂朱梦来发什么神经。

“姓曹的，我真看错你了，你这个卑鄙小人，老子不跟你这样的混蛋同流合污，老子现在就辞职！”朱梦来指着曹正春的鼻子，破口大骂了一句，转身拉起毛小钰的手，说：“我们走，不受这个混蛋威胁。”

毛小钰顿时懵了，她任凭朱梦来拽着她的手臂，往外走着，一边忍不住朝呆立在原地的朱茵茵看过去，询问究竟是发生了什么事儿。怎么就搞成这样了呢？

朱茵茵也有些尴尬，她看了一眼怒火汹涌，分外狼狈的曹正春，悄悄吐了吐舌头，她之所以故意那样说，本意是想激起朱梦来那种潜在的雄性，没有想到，貌似刺激得有些过头了，把事情直接搞到了这一步，这么一来，局面就有些不太好收拾了。

曹正春怒目圆瞪，但他没有再度扑上来，他不知道朱梦来怎么突然反应这么大，还提出了辞职，甚至还用那样极度不堪的词汇辱骂他，这让曹正春身体受伤的同时，心里也很受伤，尤其是看到本来跟他聊得很好的毛小钰，就这么被朱梦来愤怒的拽走了，这让曹正春脸上的怒意更加汹涌。如果在年轻二十岁，曹正春相信自己肯定会扑上去，见什么拿什么，跟朱梦来拼个你死我活，但是曹正春现在已经人到中年，想事情办事情，早就不再是情绪引导行动了，在处理事情的时候，理智才是第一要素。

“追求女人有错吗？”曹正春认为没有错，朱梦来今天的行为太过分了，曹正春恨恨的抹了一把嘴角的血迹，一屁股坐在椅子上，在那儿喘粗气。

四周的人都围过来看热闹，纷纷议论发生了什么事儿，“这个看起来人五人六的家伙，不会是在勾引人妻吧？被人家女方的丈夫发觉了，过来找麻烦？”有人这样猜测。

“我觉得你说得对，事情真相十有八九就是这样，现在的有钱人呐，道德太败坏了，干什么不好，偏偏要勾搭人妻，你说世上那么多年轻漂亮的拜金女，像他们这种身家，随便钩钩手指，还不得围上来一大片啊，偏偏要干这种见不得人的事儿，唉，世风日下啊。”

“你们懂个屁！”曹正春脸色一阵红一阵白，对那些品头论足看热闹的人群愤怒吼了一句，然后直接转身离开了。

朱梦来拉着毛小钰，脸色很阴沉，向自己的车子停放地方走过去，后面的朱茵茵脸色古怪，屁颠屁颠跟着，她长这么大，还第一次从朱梦来身上看到这么狂躁的一面，虽然显得有些失态，但在朱茵茵心里，却是不禁按暗中给朱梦来点赞，霸气!

回到车上，朱梦来没有马上启动车子，而是双手抓着毛小钰圆润的肩膀，脸上露出严肃郑重的表情，说：“以我的才能，有大把公司抢着要我，你犯不着因为我，而去妥协什么，更何况，就算我不工作了，以我文学方面的才能，动动笔杆子，也能获得一笔不菲的收入，像曹正春这种人，你根本就不该对他妥协的，什么东西，太龌龊了，我真是瞎了眼，竟然跟这种人成了好朋友！”朱梦来语气依旧愤愤不平，一想到事情真相是这样的，朱梦来心里的火气，就不由自主地涌了出来。

“啊……”毛小钰脑子还有点懵，她怎么都想不通，事情怎么就变成这样了呢?

朱梦来还以为毛小钰心里有其他想法呢，刚要开口继续说些什么，一旁的朱茵茵实在看不下去了，干咳了两声，对朱梦来苦笑着说：“老爸，我错了，您惩罚我吧！”

接着，在朱梦来目瞪口呆之下，听完了女儿朱茵茵讲述的全部过程。

朱梦来自己也懵了，看看女儿朱茵茵，又看看一旁同样无语的毛小钰，下意识说：“这么说，我完全误会曹正春了?他的行为，顶多就是正常地对你发起追求攻势，并不存在那些龌龊无良的卑劣手段?”

“嗯，事情真相就是这样的，老爸，是我任性了，你惩罚女儿吧。”朱茵茵心里偷着乐，面色上却做出楚楚可怜的表情。

“你……唉！”朱梦来伸手指了指他这个宝贝女儿，重重地叹了一口气，心里却是不禁寻思，事情闹到了这一步，这该怎么办才好？尤其让朱梦来心绪烦乱的是，他虽然和毛小钰和好如初了，但是在怎么面对曹正春这个问题上，却把朱梦来难住了。

第三十二章　难以面对

“现在该怎么办？这让我怎么面对曹正春啊？”朱梦来有些头疼地看着女儿朱茵茵和毛小钰，事情搞到了这一步，朱梦来心里很愧疚。今天实在太冲动了，多少年没有动过拳头了，今天在这件事儿上，没控制住自己的情绪，朱梦来有种道行被破了的无奈感觉，他可是一向以文人自我标榜，对那些动手动脚的莽夫行为，一向瞧不上，但今天这事儿，却让他自己变成了一个自己都瞧不上的莽夫，朱梦来感觉失败透顶了。

“很好解决啊，”朱茵茵脸上露出轻松的表情，帮父亲排忧解难，说：“你和曹叔叔是多年好友，又是同城老乡，我觉得，这是考验你们两个之间友谊的时候到了，这样，你给曹叔叔打电话，主动跟人家赔礼道歉，他如果真看重你们之间这份友谊的话，肯定会原谅您的！”朱茵茵越说越顺，觉得自己说的好有道理啊。

“你还说！”朱梦来瞪眼女儿，喝了一声，看着女儿露出委屈的小模样，朱梦来又不忍心发脾气了，他叹了口气，说：“也只能这样了，你们两个留在车上，我下去找曹正春，当面跟他道歉。”

做出这个决定后，朱梦来的心情，莫名的轻松了几分，一来，这段时间他在美华年轮公司干得很不愉快，心里早就冒出了辞职的想法，今天借着这个乌龙事件跟曹正春提出来了，也算解了他的一份心愿，二来，他确实是做错了，但不管怎么说，也是曹正春不地道在前，明明曹正春当初跟他一起去相亲的时候，就见过毛小钰，还知道毛小钰是朱梦来的相亲对象，也知道朱梦来和毛小钰一直有联系，尽管这样，曹正春却在自己的小女友离开他后，背着朱梦来跑到医院，主动去勾搭毛小钰，不得不说，曹正春的这个做法，在朱梦来看来实在太混蛋。

良性竞争，在朱梦来看来是正常的事情，商场当中，有太多类似的事情了，但要是背后耍阴谋诡计的话，这样的行为，就让朱梦来有些看不惯了。他今天的情绪之所以这么激动，完全是因为听信了女儿的话，下意识认为曹正春是个行为不堪的卑鄙小人，这才导致了这一幕激烈的冲突发生。现在不管怎么说，都是朱梦来率先动手，认个错是对自己，也是对曹正春最好的交代，至于曹正春能不能接受他的道歉，那就是曹正春的事情了。朱梦来可以改变自己的想法，控制自己的行动，但对于别人，他管不了这么多，只要做好自己该做的事情，那就行了。

心情还有些复杂的朱梦来走下车，远远看见曹正春从蓝色晴天咖啡屋走出来了，朱梦来加快了步伐，高声喊了两声：“曹正春，曹正春，你等等我，我有话跟你说……”

曹正春明明听到了朱梦来的叫嚷，但他却是故意加快了步伐，速度极快地走到自己的车子旁钻进去，然后启动，一脚油门跑远了。

朱梦来在原地怔怔站着，看着曹正春车子消失的方向，心里很不是滋味。

没办法，朱梦来只好拿出手机，拨打曹正春的电话，但是，曹正春看来真是被朱梦来过激的行为伤着了，先是不接电话，然后是直接挂断，朱梦来再打的时候，曹正春更是直接关机了。朱梦来拿着手机，在原地愣愣地站了一会儿，最后叹口气，决定等他去办离职手续的时候，再找曹正春当面道歉吧。

有些事情，在电话里本来就说不清楚。

再说曹正春，被朱梦来揍了一通后，他的心情简直糟糕透顶了。开车离开的时候，曹正春确实听到朱梦来在背后叫他，但这个时候，曹正春不想听朱梦来的任何解释，他心里的火气，像火山一样积蓄着，他怕这个时候听朱梦来说话，会忍不住做出什么他自己都控制不住的事情来。

现在美华年轮公司，即将成为上市公司，只差最后一步审查了，公司形势可谓一片大好，曹正春心里愤怒地想着朱梦来说的话，越想，额头青筋越是直冒，“好，你要辞职是吗？我们美华年轮公司离开谁不能转？真以为我不同意你辞职，是离不开你了吗朱梦来？我不用你辞职，老子现在就回公司开了你！”

曹正春简直愤怒的快要咬牙切齿了，但是等他驾着车子，真的赶到公司的时候，曹正春心里一个劲儿地跟自己说着，去人事部，去人事部直接吩咐开除朱梦来，但是他的一双腿却不听使唤，曹正春阴沉着脸，一路乘坐电梯，径直来到自己的办公室，啪的一声关上门，一屁股坐在办公桌椅子上，曹正春揉着太阳穴，表情痛苦的呻吟了一声。

这声呻吟，不是说曹正春身体哪个部位疼痛难耐不舒服，而是他心里太堵了，堵得发泄不出来，这种憋屈而又无处发泄的感觉，让曹正春简直太难受了。

这样约莫坐了半个小时的时间，曹正春办公室电话响了起来。是销售部侯作文打过来的，侯作文语气非常兴奋，说："曹总，太好了，我还怕您不在呢，喜事儿，有大喜事儿啊，哈哈哈，简直就跟意外之喜似的。"

"什么大喜事儿？难道公司上市审核提前进行了？我们公司通过审核了？"曹正春懒洋洋地应了一句，他这会儿有些疲累，显得无精打采，对侯作文表现出来的兴奋，心里并不感冒，同时还忍不住嘀咕着，侯作文在业务上，在工作上，甚至在对公司的忠臣度上，各个方面表现的都非常好，唯一的缺陷，就是性子太过毛躁了一些，还有，就是为人稍微有点小心眼，这点跟朱梦来倒是有很大的相似之处。

不过朱梦来倒是比侯作文稍好一些，至少朱梦来不会在别人背后乱嚼舌根子，侯作文在这一点上，让曹正春极为不满意，往常，侯作文在他面前邀功拍马，甚至背地里说其他同事坏话的时候，曹正春面上虽然笑呵呵的，但每到升职加薪的时候，侯作文的这股作风，总会不自觉地出现在曹正春脑海里，从而一步一步地从他这里受到了阻碍。

"不是公司上市审核，那个时间还早呢，保守估计还得将近两个月时间，是这样的曹总，今天我们公司来了五六个考察人员，他们是我们深圳超级大型市场的采购组人员，来我们公司视察家具，并表露出了非常浓郁的合作欲望，如果这个项目能成功拿下的话，我们公司的年度销售利润，至少能在往常的销售基础上，在上浮二十五到三十个百分点，接近全年三成的任务量了，哈哈哈，曹总，您说这是不是一个意外的、天大的好消息啊！”

曹正春直接从办公椅上蹦了起来，将近三成的年度销售额，这可不是一个小数目，就连心情极度不好的曹正春，听到这个消息后，心情都不由得隐隐激动了起来，曹正春情绪有点急迫，说：“现在人在哪里？我马上过去！”

听到视察人员在成品家具车间那一块的消息后，曹正春急匆匆起身，对着镜子整理了一番仪容，调整了一下心中的情绪，让面部出现一个成功人士特有的自信笑容，这才向成品家具车间急匆匆赶了过去。

在路上，曹正春心里再度泛起一丝冷笑，故意叹了一声，喜滋滋想着：“朱梦来呀朱梦来，你以为离开你，我们美华年轮公司就真的转不开了吗？瞧瞧，这就是天意，这就是老天的选择，老天都看不惯你的行为了，你就等着被老子开除吧！”这个时候，曹正春心里冒出那个主动开除朱梦来的想法，突然变得畅通和坚定起来，他边走着，边拿出电话，给人事部的负责人打了个电话，说：“朱梦来在公司干的不开心，给他准备一份辞职报告，你负责把各方面的离职手续都弄好，等朱梦来来公司上班的时候，直接让他签字走人就行了。”

人事部负责人吃了一惊，“这样不好吧曹总？毕竟朱副总的身份摆在那儿……”

“什么朱副总？你没听明白我说的话吗？从现在开始，朱梦来不再是我们美华年轮公司的副总，到底你是总经理还是我是总经理，吩咐你的事情，你照办就是了，哪来那么多废话？！”曹正春瞪起了眼睛，心里不禁有些感叹和愤怒，朱梦来来公司才多久时间，还不到一年吧，已经在公司里留下了足够深的烙印，他不得不佩服，朱梦来在这方面，还真有不小的本事。

“好的，我知道了曹总，我现在就下去安排这件事儿，亲自督促跟进。”电话里，人事部负责人听到曹正春语气不是很好，顿时第一时间改变态度，满口应承下来。

这个负责人在办这个事情的时候，心里还在感叹呢，曹总这是不是在卸磨杀驴呢，朱副总那么有能力，说开就开了？当初，那个闹事儿人带着媒体过来捣乱的时候，正是人事部这个负责人出面协调的，但是除了平白无故地挨了一顿骂之外，事情根本解决不了，这个时候，朱梦来出现了。

朱梦来当时处理这件事情的时候，表现出来的气度、气魄，以及那股根本无法遮掩的威严，让人事部负责人大为折服，当时就对朱梦来惊为天人，简直太牛了，但是现在，朱梦来在公司得到了这样的下场，这让这个人事部负责人心里感慨不已。

处理完主动开除朱梦来这件事儿，曹正春心里并没有太大的压力，他身上的担子，仿佛一下卸了下去似的，感觉浑身上下轻松无比。

来到成品家具车间，以侯作文为首的公司高管，在这里作陪，带头的中年男人，留着寸头，看面相，就能看出来，这个名叫杨海的男人，是那种性格豪爽的人。

曹正春最喜欢跟这种看起来豪爽直率的人打交道了，和这种人谈生意，没什么钩心斗角尔虞我诈，成就是成，不成就是不成，简单明了。

曹正春的性格，也属于典型的爽快直率那个类型，他和杨海聊得很投机，提前敲定了近乎千套之多的成品家具数额，这让曹正春心里非常高兴。

杨海等人临离开的时候，杨海看着曹正春，又在人群中环视了一圈，笑着说："听说你们美华年轮公司有个姓朱的高管，很有本事呀，今天怎么没见到他呢？"

曹正春没和杨海说他已经下定决心开除朱梦来的事情，而是模棱两可地说道："朱梦来最近家里出了点儿事儿，他回去处理了，那您看，我们什么时候正式签约呢？"曹正春满怀期待地看着杨海，关心地询问了一句。

"这个事儿先不急，我们还有几家公司需要考察，毕竟像我们这种级别的大型商场，家具类型绝对不能太过单一，至于签约的事儿，先等上几天吧。"杨海对曹正春笑了笑，提出告辞。

"要不中午我们一块儿吃上一顿饭吧，杨老板，我感觉与杨老板一见如故，脾性很合得来，相信在酒场上，我们两个一定有更多的话题。"曹正春喜欢在酒场子上谈事情，主动对杨海提出了邀约。

"下次吧，下次把你们的朱副总一块带上，我对朱副总非常欣赏，事实上，我们商场之所以选择敲定你们美华年轮公司作为合作家具公司之一就是因为朱副总的个人魅力和名声起到了非常重要的影响。"杨海笑着说了一句，然后带着他手下的人离开了。

第三十三章　过客的含义

“额……”听到杨海这样说，曹正春脸上的笑容，不由得凝固了一下，但他很快调整过来了，点点头，爽朗大笑着说：“行，那就这么说定了，等我们朱副总回来后，我带着他亲自邀请杨老板一起喝上一顿，男人无酒，生意不欢嘛！”曹正春难道会跟众人说嘛，在他张开嘴巴大笑的时候，嘴巴是真的疼啊，在蓝色晴天咖啡屋，他被朱梦来一拳打破了唇角，现在经过短暂的处理，从外表上看不出什么异常，但张大嘴巴笑的时候，是真的疼啊。

事实上，此时曹正春心里确实有种蛋疼的感觉，他前脚才跟人事部负责人吩咐了开除朱梦来的决定，后面紧跟着，这个考察组的负责人，就把他活生生的打脸了。

送走杨海一行人之后，曹正春又急忙给人事部负责人打了一个电话，说：“给朱梦来办离职手续这件事儿先缓缓。”说这话的时候，曹正春感觉自己的脸颊都要被抽肿了，火辣辣的，疼得难受，这都是什么事儿啊！

“晚了曹总，我们都已经办好手续了。”平时办离职手续的时候，手续很繁杂，没有大半天的功夫，根本办不下来，但今天这事儿，是公司总经理亲自下达的命令，人事部办事儿效率格外高，从人事部，到财务部，各个部门异常顺利，可谓一路开着绿灯办事儿。

“只要朱梦来不签字不就等于没事儿了吗？晚什么晚，你好歹跟了我十多年了吧，怎么办事儿还这么不牢靠。”曹正春埋怨了人事部负责人一句。

人事部负责人的笑容顿时更加苦涩了，他说：“曹总，不怪我啊，谁知道您前脚吩咐完，朱副总后脚就赶到了公司，看到他后，我直接跟他说了公司的决定，朱副总什么都没说，还全程陪着我办理手续，他早就把字签好了，现在，朱副总，不，朱梦来已经不是我们美华年轮公司的高管人员了，甚至，在办理离职手续的时候，朱梦来主动把他在公司获得的原始股份，给您退还了回来，一分钱都没收。”人事部负责人噼里啪啦的给曹正春说了一通，曹正春顿时愣住了。

“朱梦来在哪儿？他走没？”曹正春心情突然有些急迫，他没想到，朱梦来竟然真的下了这么大的决心，连原始股这么有吸引力的股份，都说不要就不要了。朱梦来这个举动，再次出乎了曹正春的意料，不知道为什么，听完人事部负责人的讲述，曹正春心里突然有些后悔，还有点空落落的感觉，就像失去了什么重要的东西似的，这种感觉，让曹正春心情很烦躁。

“他人就在人事部坐着呢，说要等您过来，他有些话要跟您说。还好您主动打过来电话了，本来我还寻思着看要不要给您打一个电话呢。”人事部负责人完全搞不懂朱梦来和曹正春在弄什么了，他夹在两个人中间，总有种里外不是人的感觉冒出来。

“好吧，你跟朱梦来说，让他去我的办公室，我最多三分钟就能赶过去。”曹正春叹了口气，经过杨海这件事儿的缓冲，曹正春心里的火气，已经在不知不觉间被消磨了不少，当初他邀请朱梦来的时候所做的判断再出现在脑海里，这点从杨海的话语中也能得到证明，朱梦来，确实是一个不可多得的人才啊，可惜，现在这个人才，却因为种种事情，即将离开公司，这让曹正春心里不禁有些感慨，有些时候，事情变幻莫测，就是让人这么猝不及防和无可奈何。

先前被朱梦来莫名其妙的捶了两拳，曹正春心里怒火滔天，但是，现在听到朱梦来真的要离开的消息后，曹正春的心情，可谓复杂万分。他现在心里也确实有很多话想和朱梦来谈谈，算挽留语也好，算离别祝福语也罢，对于同朱梦来这些年的友情，曹正春心里还是非常看重的。虽然这份友情，因为在一起工作的缘故，刻画上了许多难以弥补的裂痕，但曹正春这个人，不是什么小心眼的男人，有些事儿过去就过去了，他还是希望能尽自己最大的努力，在某些方面，做一些弥补，同时，曹正春心里还抱着一个心思，杨海那行人临走的时候，说的话，也在曹正春心里反复响起。

就连一个公司外部的人，都能看出来朱梦来是一个不可多得的人才，他这个亲自出面邀请朱梦来过来的人，又怎么会不了解这点呢?

甚至曹正春此刻在怀疑，杨海他们之所以肯来公司视察，做调查工作，哪里是什么天大的意外惊喜了，估计朱梦来在里面没少出力，不然，杨海也不会意味深长的故意提起朱梦来了。

办公室里，曹正春亲自给朱梦来泡了一壶茶，这个场景，如同朱梦来刚进美华年轮家具公司的时候，那时候曹正春对朱梦来格外看重，公司里的人，都能看出曹正春对朱梦来的重视，甚至，两人的关系，就算被说成要好到穿一条裤子，恐怕也有人相信。

只是，现在朱梦来面色平静地看着这一幕，他心里同样感慨万千，如今说时过境迁有些夸张了，仅仅不到一年的时间，两人就从蜜月期走到了决裂期。当时过来的时候，朱梦来心里就有这个预感，害怕两人从朋友关系做到仇人关系，他虽然有这个心理准备，但万万没有想到，这个时间来的竟然这么快，快的简直让人猝不及防。

在来美华年轮公司的路上，朱梦来心里还纠结万分，不知道该怎么面对曹正春，来到公司后，当人事部负责人找到他，跟他说了公司打算开除他之后，朱梦来的心情，突然一下子释然了，或许，到了这个时候，他该纠结的东西，已经完全没有必要继续纠结下去了，曹正春这边，显然已经做出了选择，所以，他要做的，就是平静地接受，一切都显得那么自然，那么水到渠成。

现在两人如同当初第一次进这间办公室的场景一样，曹正春坐在办公桌主位上，朱梦来在曹正春对面坐着，一壶清茶，弥漫着淡淡茶香，看似平静宁和，实则两人的心绪，都繁杂似海，波动之大，恨不得鼓动起一场剧烈至极的海啸风暴才甘心痛快。

“曹正春，对不起，刚才的事情，我跟你道歉，是我没有了解到具体情况，我鲁莽了，行为有些过激，请你原谅。”朱梦来说得很客气，没有了朋友间的那种熟络自然语气，甚至显得有些陌生。

听到朱梦来用这样的语气跟自己说话，曹正春心里有种鼻子发酸的感觉，他双目凝视着朱梦来，沉默了片刻，问了一句：“朱梦来，没有可能留下了吗？公司目前的形势一片大好，跟你有着脱离不开的关系。”

朱梦来苦笑着摇摇头，说：“强扭的瓜不甜，我们两个人脾性，只适合做朋友，不适合做同事，更不适合做上下级。我的主观想法强烈，你也不遑多让，这是性格决定的东西，没有办法改变，我的离职手续都已经办好了，我左思右想，那个百分之一的美华年轮公司原始股份，我不能要，曹正春，没其他事儿的话，我就先告辞了，我们后会有期吧。”朱梦来苦笑着说完这些话，他的心情也有些怅然，当初进来的时候，是何等的意气风发，如今短短的，不到一年的时间，仿佛岁月催人老似的，时间和经历，着实改变了太多东西。

曹正春深深吸了一口气，从老板椅子上站了起来，主动对朱梦来伸出手，双目依旧凝视着朱梦来，说：“毛小钰毛医生，是我看重的女人，对于她，我不会放弃的。这跟工作无关，跟朋友无关，是一个男人，心里喜欢一个女人，做的最直接最本能的反应，所以，请你做好准备，接受我的进攻吧。”

朱梦来敖然一笑，握住曹正春伸过来的手，轻微的晃了两下，说了四个字，“各凭本事！”说完，朱梦来松开手，直接转身离开。

来的时候，突兀，走的时候，同样突兀，犹如一片云彩，当你流连它的美丽时候，它已经悄然飘开，或许，这就是过客的含义吧。

曹正春看着朱梦来离去的挺拔背影，幽幽叹了口气，本来他想跟朱梦来说杨海那件事儿的，但是朱梦来表露出坚定的决心，以及那股男人特有的尊严跟傲气的时候，曹正春没有说那档子事儿，朱梦来有尊严，有傲气，他曹正春又怎么会少这个玩意儿？

更何况，虽然朱梦来离开了，但是他们之间还有着严重的竞争关系，那就是毛小钰，在面临争夺异性的情况时候，没有哪个男人，愿意跟自己的竞争对手主动认输认尿。

曹正春心里有了决定，他要凭自己的本事，堂堂正正地拿下杨海的签约合同，他不要再靠朱梦来来行事，因为，他才是美华年轮公司的总经理，创始人，这个公司，离开谁都能转得开，但唯独少不了他曹正春!

下定这个决心之余，曹正春打电话让助理着手安排布置一些事情。他跟朱梦来说的话，不是虚假话，而是，他真的下定决心，要追求毛小钰，并且他已经付诸行动，他要跟毛小钰求婚，用他的人品，用他的身家，征服这个不可多见的女人。

朱梦来离开后，略显萧索寂寥的心情并没有维持多久，因为离开美华年轮公司之后，从公司到家的这点时间，他接到了毛明生打过来的电话。

电话里，毛明生语气显得非常兴奋，他说："朱梦来，你发来的传真文件我看了，经过我们团队的专业研究和考察，你提出的这个开发智能家具计划，简直太棒了！我打算在深圳开一家公司，我们一起搞吧！"

"你不是在跟我开玩笑？"朱梦来听了毛明生电话里说的事儿，心里隐隐有些兴奋，正如同最后曹正春在朱梦来面前表现出来的傲气一样，朱梦来心里又何尝不是这么想的呢？虽然相比目前家具公司的工作来说，朱梦来更喜欢文学方面的东西，但是，智能家具开发研究是朱梦来还在台资家具公司工作的时候就兴起了的念头，随着各种各样的意外事情出现，朱梦来都以为这个梦想，只能是一个梦想，这辈子都没办法实现的时候，却万万没有想到会峰回路转。

“当然不是开玩笑，我的团队成员，对于这个提案计划非常看好，朱梦来，你在美华年轮公司那边怎么样了？”毛明生比较关心这个，自从他意外知道曹正春对朱梦来实施变相削权的举动之后，曹正春这个人，就在毛明生心里被拉到了黑名单的位置，所以直到现在，毛明生对于朱梦来在曹正春公司里卖力工作的事情，还有些耿耿于怀。

“刚办了离职，我现在是自由身了。”朱梦来苦笑了一声，这事儿没有什么好隐瞒的，正如同他离开台资家具公司的时候，曹正春打电话问他工作情况，他坦然告知，此时，他离开了曹正春的美华年轮公司，毛明生打电话询问，他依旧坦然告知。

朱梦来还是那个朱梦来，固执坚守的朱梦来，看起来，除了时间和经历之外，朱梦来的性格，还没有什么太大的改变，他依旧是那个有着铮铮铁骨的朱梦来。

“这可真是一个天大的好消息，杨海跟我打过电话了，嘿嘿，曹正春还想签约？做梦去吧！”毛明生冷笑一声，心里直接对曹正春判了“死刑”。

“这件事儿，都已经到这一步了，你就不要从中干预了吧？”朱梦来忍不住劝阻了毛明生一句。

“跟我有毛线的关系，是杨海从我这儿听说你的事情后，他当时就跟我说了一句话，这个项目，他只认你朱梦来的名字，其他人，就算天皇老子来了，他也不会在合同书签约的。”

朱梦来怔了怔，没有再多说什么，他还是那句老话，别人决定的事情，别人做主，他能做的事儿，就是控制好自己能做的东西，强求的话，就未免有些强人所难了。

第三十四章　自然规律的进化

在电话里，朱梦来和毛明生商谈好新公司的具体事宜之后，朱梦来没有耽搁，当即动身去了一趟美国，他要找那个发表智能家具论文的同行从业者，跟他商讨这方面的合作事宜。朱梦来需要对方提供技术的支持，对此，毛明生直接表达了自己的想法，全力支持朱梦来的一切行动。

朱梦来动身去美国这段时间，曹正春的生活，似乎并没有多大的改变，他最近在忙碌着两件事情，第一件，是着手安排对毛小钰的求婚事宜，第二件，是积极跟杨海方面接洽，希望得到大型商场合同签约。这两件事儿，一件事关曹正春的终身幸福，一件对他名下美华年轮公司的上市计划，有着积极的推动作用，所以，这段时间，曹正春也很忙碌，而朱梦来，似乎从他的生命当中彻底消失了似的，朱梦来离开公司后，他们再没有相约着一起吃过饭、喝过酒，这段友情，似乎随着朱梦来从公司辞职，也画上了一个终点式的句号。

当所有的东西，都准备妥当之后，曹正春给毛小钰打了一个电话，邀请她出来一起吃上一顿饭。

毛小钰没有马上答应，而是委婉地拒绝曹正春，说：“我和朱梦来的感情很好。”

听到毛小钰这样说，曹正春感觉有点伤，他的笑容有些勉强了，但还是坚持自己最初的意见，说：“只是一顿饭而已，我知道你今天休息，所以特意提前订好了餐厅，毛医生，我现在在你的楼下，走吧？”

曹正春就像没有听到毛小钰拒绝的语气似的，依旧坚持自己的态度。

电话另一头，毛小钰的眉头轻微皱了皱，她心里稍微有些不悦，但考虑到朱梦来和曹正春毕竟是朋友关系，闹得太僵不是很好。

毛小钰简单收拾了一下，慢悠悠的下楼。楼梯口处，西装革履的曹正春，笑盈盈的像个优雅的绅士，在主动等待毛小钰过来。他亲自给毛小钰打开车门，所有的动作，都显现出一股成熟中年男人特有的魅力。

曹正春订的餐厅，是深圳一间高档的西餐厅，环境格调就不必说了，装修的简约大方，充满浓郁的西式风格。毛小钰放眼看了一圈，餐厅里没有其他客人用餐，曹正春颇为自豪地笑了笑，说：“不用看了，今天这里，只有我们两个人用餐。”

“干吗布置得这么隆重，曹总，这样有些不太好吧？”毛小钰委婉地说出自己的想法，在她看来，只不不过是普通的吃上一顿饭罢了，曹正春搞得这么大张旗鼓，反而让她自己觉得有些难堪了。

“必须要隆重，因为今天是个特殊的日子！”曹正春高兴地笑着，伸手打了个响指，优美动听的小提琴音乐响了起来，随着专业的拉琴手，踩着节拍走过来，优雅浪漫的气氛也仿佛瞬间散发出来。

在这样的极度浪漫、令人迷醉的环境中，曹正春站起身，走到毛小钰面前，非常有风度的单膝跪地，从上衣兜里掏出一个装饰精美的戒指盒，双目深情地注视着毛小钰，曹正春对毛小钰发出了他此生最为庄严的爱情告白：“第一次见你，是在朱梦来的相亲饭局上，我必须承认，当时陪朱梦来去相亲的时候，在我的幻想当中，他的相亲对象，或许是一个脸上有雀斑的中年妇女，或许是一个身材走形的中年妇女，或许是一个经历生活苦难磨砺，失去女人特有魅力的中年妇女，但是，看到你的一瞬间，我有种被电到的感觉！这种感觉，让我晚上回去辗转反侧不能安心入眠，闭上眼睛，脑海里会自然而然浮现出你那精致的面庞，纤柔的身段，还有那令人沉迷的优雅气质。我知道，我沉沦了，在这个还不算晚的年龄，遇上这样完美的你，我知道，这辈子，我的心终于有了依靠，那就是你，我的女神，毛小钰，请接受我的求婚吧！”曹正春深情款款地说着，亲自把戒指从戒指盒里取出来，他想要亲自给毛小钰戴上。

可是，在曹正春深情款款的表白面前，毛小钰却无动于衷，她也直接站了起来，面色平静地看着曹正春，声音有些清冷，说：“曹正春，如果你把我当朋友的话，这顿饭我陪你吃完，如果你把我接到这里，就是为了说这件事儿的话，那么我只能跟你说四个字，抱歉，谢谢！”

曹正春脸色瞬间苍白了一下，他面带不甘心地看着毛小钰，问：“为什么？是因为朱梦来吗？我哪点不比朱梦来强？论身材，论样貌，论身家，朱梦来有哪点能比得上我？”曹正春情绪有些激动，他不能接受输给朱梦来，这让他很不甘心。

“他比你更懂我。”毛小钰表情清冷地说了一句，然后直接转身离开。

曹正春脸色非常难看，保持着单膝跪地的姿势，怔怔失神地盯着毛小钰离开的背影，他的好心情荡然无存。

“曹总，这顿饭您看您还吃吗？”餐厅服务员走了过来，询问曹正春。

“依你看，这顿饭我还能吃得下去吗？”曹正春怒气冲冲瞪了没有眼力见儿的服务员一眼，他也没啥好待的了，直接离开了，今天真不顺利啊。

走出餐厅，曹正春松了松脖子上的领带，最后干脆直接一把拽了下来，让领口的扣子松开了两颗，这个时候，他才感觉喘气顺当了一些。

上了车子，正当心情郁闷失落的曹正春不知道该去哪儿的时候，他的电话响了起来，是侯作文打过来的。

“曹总，杨老板刚才跟我联系了，他说一会儿带人过来准备签约事项，您这会儿有时间没？能不能赶回来啊？”

刚遇到悲伤事儿，曹正春心里还念叨着呢，今天真不顺啊。这倒好，马上有大喜事儿临门了，这让曹正春郁闷的心情，稍微冲淡了一些，“有时间，我马上回去。”

曹正春赶回了公司，为了表示出对杨海一行人的尊敬重视之意，曹正春特意搞了一个阵仗颇大的欢迎仪式。

杨海看起来也很高兴，他在人群当中扫视了一眼，最后把目光定格在曹正春身上，问曹正春：“咦？朱副总呢？都过了这么多天了，他还没有回来吗？”

“实不相瞒，朱副总从我们美华年轮公司辞职了，签约的事儿，我们两个谈也一样。”曹正春知道这事儿瞒不过去，笑着说道。

杨海摇了摇头，说：“我们两个谈不了，我们之所以愿意跟你们美华年轮这种不算什么大品牌的家具公司签约，可以说完全是看在了朱副总的面子上，既然朱副总已经从你们公司辞职，那么很抱歉，就这样吧。”说完，杨海大手一挥，带着他的人直接要走。

“杨老板，请留步，我们再谈谈……”

“没什么好谈的了，再见！”杨海脸上面无表情，他今天过来，完全是得到毛明生的消息提示后，故意过来打打曹正春的脸，现在成功的给了曹正春一巴掌，杨海任务完成，准备打道回府了。

杨海一行人来了又走了，曹正春脸色阴沉如墨。公司其他高管，也都面面相觑，他们万万没有想到，这家超级大型商场，竟然是看在朱副总的面子上，才愿意跟公司签约，而现在朱副总一从公司辞职，他们干脆直接谈都不谈了，就这么转身离开了。

“曹总……我们怎么办呢？”侯作文心里很不爽，他心里有一万个不平衡，朱梦来头上又没有长角，干吗这些人都一个劲儿地围着他打转，真是一群神经病！

“能怎么办？就当这件事儿没发生过，全力准备上市的工作，你们都去忙吧。”曹正春语气不好地遣散一众员工，他一个人孤零零地站在原地，仰起头看了看天上略微有些耀眼的太阳，忍不住低声咒骂了一句：“今天真倒霉啊！”

此时朱梦来在美国，顺利地找到那个发表智能家具相关论文的同行。两人聊了很多，许多想法一拍即合，最后，他们很快确定了合作发展方案，对方答应提供智能家具方面的技术和人才，为朱梦来他们新筹办的公司提供相应的辅助。圆满完成任务的朱梦来第一时间给国内的毛明生打了个电话，详细说了这边的决定事宜。

毛明生很高兴，他那边早就把其他事情准备好了，就等朱梦来这边出结果呢。现在朱梦来那边第一时间传来消息，毛明生这边也没有丝毫耽搁，他一个电话下去，手下相关人员马上投入工作，这一天，在深圳某处厂区，一间名叫智能家具研发生产中心的公司成立了。

在公司原股分配的时候，毛明生按照事先约定好的东西，直接给了朱梦来百分之三十的原股，他是仅次于毛明生的第二大股东。现在这间公司还没有什么名气，这份原股还换不来多少钱，但这都是暂时的，等这间公司的规模发展起来后，朱梦来手里的股份，绝对能用万金难购来形容。

朱梦来去美国的时候，是他自己一个人孤零零地走的，回来的时候，朱梦来带来了一大批智能家具方面的专业人才，有他们提供的技术支持和辅助，智能家具研发生产中心，快速地进入了初期的研发阶段。不到三个月的时间，已经有一批智能家具，在这批专业技术型人才的指导下，初步见到了成效。

在朱梦来这边干的风生水起的时候，美华年轮公司那边，曹正春就显得极为惨淡了。

他们的上市计划被搁浅了，因为曹正春提出的新产品，在前期的时候，市场竞争力迅猛，但是后期，并没有占到太大的优势，导致公司在盈利方面，出现了反向发展。虽然没有直接影响到上市，但上市之后，整体形势却是不太乐观。

虽然曹正春现在的身份，已经从普通公司的老总，变成上市公司的总经理，但是他过的，却并不是太如意，反而有种事事不顺心的感觉，整天缠绕着他。

在朱梦来专心忙着智能家具工作开发和推广等项目的时候，他的宝贝女儿朱茵茵，给朱梦来来了个突然袭击，这个丫头，她竟然恋爱了，而且还不声不响地把男方带到了朱梦来面前。

朱梦来震惊的都发蒈了，直到这个时候，他才意识到，女儿真的长大了，是到了该独立闯荡的年龄了。朱梦来的心绪很复杂，看着被他辛辛苦苦带大的女儿，依偎着别的男人，脸上露出幸福而又略显羞涩的微笑，朱梦来心里重重地叹了一口气，虽然他知道这一天迟早会到来，但是，当这一天真的来临的时候，朱梦来心里还是有种发堵的感觉。

朱梦来当时没有说什么，这顿饭吃完后，朱梦来放下了手头紧要的工作，像天下所有担心儿女的父母一样，通过各个方面，考察了男方的品性、工作、家庭等状况，最后得出结论，男方各个方面的条件都很优秀。朱梦来心里略安的同时，看着女儿，他心里冒出一股想伸手抓住什么，但又抓不到的空虚感觉，这一瞬间，朱梦来突然发现，他似乎有些老了。

毛小钰陪着朱梦来，她看出朱梦来复杂的心绪，敏感细腻的毛小钰，心里非常理解朱梦来，她悄悄地伸出手，握住朱梦来的大手，紧紧地握了握，朱梦来回头看眼身边的毛小钰，他心里的那股空虚感觉，通过毛小钰这么一个微小的动作，被冲淡了许多。

或许，这就是更新换代的必然规律吧？就像是春天种子要发芽似的，新种子冒出头的时候，老种子会自然而然地迎合自然规律，主动退散，把自身化作充满养分的肥料，滋养着新种子生长，或许，这就是自然规律的新陈代谢吧?

第三十五章　大获成功

女儿朱茵茵的婚事确定之后，朱梦来又把精力投入到了智能家具产品的研发进程当中。智能家具，空口说起的时候，或许难免有些空泛，让人心里生不起什么具体概念，但是仔细想想，一个简单的遥控器，可以控制家里百分之五十到八十的家具功效，这是一种什么概念？通过智能系统的植入，家里的温度、湿度可以自行调节，再夸张一点，除尘设备可以自动运转，这种生活，光是想一想，就能让人有种血脉贲张的激动感觉。

在进行智能家具生产研发的时候，中间还发生了一些小插曲。

朱梦来在美华年轮公司冒出头的时候，他曾经的授业恩师老杨，随着朱梦来的冒头，身份水涨船高，再加上老杨师傅踏踏实实的工作态度，本就受到了公司内部中下层员工的爱戴。但是随着朱梦来辞职，像侯作文之流的马屁派员工，再一次把老杨揪了出来，时不时地在背后给老杨师傅搞一些小动作，而曹正春不知道抱着这么心态，对老杨师傅受到的不公平待遇，竟然熟视无睹。

这导致老杨师傅逐渐对美华年轮公司心灰意冷。

在一次朱梦来给老杨师傅打电话，邀请他出来一起吃一顿饭的时候，在吃饭间隙，朱梦来问起了老杨师傅在美华年轮公司的工作近况。

老杨师傅用一声悠长的叹息，回答了朱梦来。于是，本来聊性很浓的朱梦来也沉默了。老杨师傅五十多岁了，两鬓斑白，以前坚挺的脊背，现在不由自主地伛偻了。在老杨师傅身上，朱梦来看到了属于父亲一般的耀眼光辉。现在，看着老杨师傅露出这幅要被宵小之辈打败的神态，朱梦来心里有些心疼。

“师傅，不如这样吧，你过来我这边帮我吧，就目前来说，工资待遇或许不能跟美华年轮公司相提并论，但是请您相信我，在公司发展前景上面，未来我们智能家具生产研发中心绝对是深圳、甚至国内首屈一指的领头羊。因为，我们是第一个试吃螃蟹的人，先不说我们有极大的可能成功，哪怕就算万一我们最终失败了，但是跟着我工作，我至少能保证不让您受这委屈。”

老杨师傅没有马上给朱梦来答案，他只是目光欣慰地看着朱梦来，叹了口气，说：“我当初没看错，你终究是成才了。”

三天过后，老杨师傅找到朱梦来，苦笑一声说，“我现在没人要了，只能跟着你混了！”

朱梦来大喜，握着老杨师傅略显粗糙的双手，激动地说：“师傅，您这样的实干型人才，是我们公司目前最需要的中心骨人才，师傅，谢谢你！”说真的，对于老杨师傅能来公司，朱梦来心里非常激动和开心，他对老杨师傅实在太了解了，知道老杨师傅身上的品质，是多么的难能可贵。可惜，在美华年轮公司，老杨师傅身上优良的品质，反而成了被人语病的存在。那样的风气，跟公司的文化建设有着本质的关系。

朱梦来初到美华年轮公司的时候，第一把火想烧的就是公司的文化建设，他就是要烧一烧公司陈腐的风气，但当中阻隔实在大得超乎想象，最终，朱梦来只能无奈放弃，把工作中心转移到了公司盈利销售这一块，虽然在这方面做出了不朽的成绩，但在朱梦来心里，还是有些遗憾，因为他最先在意的文化建设推广这一块，可以说失败得一塌糊涂。

现在新公司组建成功之后，在全力研究开发智能家具的同时，朱梦来其他的时间，做得最多的工作，就是主抓公司文化建设这一块。

因为在朱梦来看来，一个公司是否有发展前景，关键是看公司的风骨够不够硬朗，公司的风骨，就是文化建设是否有成效的直接体现，只有所有工作人员的思想都积极向上了，这个公司，才能冒出欣欣向荣的气息，这种春天一般的气息，从某些方面来说，甚至比秋的收获更加重要。

现在，经过三个月的建设，公司的风气，越来越好，朱梦来在这方面的用功，随着时间的推移，逐渐展现出来了效果。

除了老杨师傅过来之外，朱梦来再一次主动给那个生产车间主任打了一个电话，当初朱梦来邀请他过来的时候，心里是抱着在美华年轮公司长久干下去的打算的，但是世事难料，没想到，朱梦来邀请以前的老下属过来工作，反而成了他与美华年轮公司决裂的导火索。当曹正春背着朱梦来，直接一声不响的炒了这个生产车间主任之后，两人之间的关系，正式从蜜月期进入了决裂期，虽然那时候的裂痕并不大，但是，不论友情，还是同事情谊，都出现了裂痕，等意识到错误，再想抹平的时候，已经晚了。

这个道理，正如同破镜难以重圆一般，碎了就是碎了，已经不可挽回了，所以最终的结果，就是朱梦来离开了美华年轮公司，跟曹正春分道扬镳了。

现在，再把话题拉回到智能家具生产研发这一块来。很显然，这是划时代的科技带动家具生活进步的体现，这是未来家具生产路线的必然走向。这个项目的启动，展露出朱梦来超前的视野和气魄。

时间历经三个月之久，第一批成套智能家具生产出炉后，毛明生召开了一个董事会。

会议主题为推广，讨论具体该怎么推广，才能最有效地打开市场？这个工作，关乎着智能家具生产研发中心的命门，所占比重非常重要。

工作人员提出了各种各样的设想，最后，朱梦来的设想计划，得到了大家一致的赞同。

朱梦来的想法很简单，也很实用，他提议，建一个系列性质的体验屋，媒体全程跟踪拍摄，毕竟现在是网络媒体大爆炸时代，媒体推广，比自己外出辛苦宣传，成效大了无数倍。

当然，这也是一柄双刃剑，用好了，名利双收，用不好，背负骂名。

在这件事儿上，智能家具生产研发中心上下态度惊人的一致，这是他们公司成品家具出产后，要向市场打响的第一炮，这第一炮至关重要，所有人都严阵以待。

在异常新鲜的体验屋正式开启的这一天，智能家具生产研发中心，得到了全深圳相关行业的重视。

尤其是在朱梦来的提议下，以及公司舍得砸钱的情况下，深圳卫视，更是围绕智能家具体验屋为蓝本，开发了一个新型的娱乐类型的真人秀节目，有明星嘉宾，有政界从业人员，有学生，有教师，还有各行业白领、蓝领等等，几乎囊括了各个阶层的人物。

这个真人秀节目一经推广，顿时吸引了全深圳乃至全国观众的视线，火爆程度甚至不在好声音、快男快女以及各类真人秀节目之下，宛若开创了一个新河一般。随着节目的火爆，智能家具生产研发中心，一举进入了全国人民的视野，几乎所有人都在讨论这个超前的、类似科技公司一般的家具生产公司，毕竟，这是跟人们生活息息相关的产品研究，是利民的最直接的科技成果展现。

最关键的是，他的定位价格并不高昂，普通人完全可以承受得起。这就让人更加期待了。真人秀体验屋的火爆程度，完全超乎了朱梦来以及公司同仁的想象。

而朱梦来的名字，再一次出现在大众视野当中，被同行者乃至其他行业的人熟知。

曹正春此时一个人坐在家里看电视，他打开的电视节目，正是深圳卫视推出的真人秀，科技体验屋。

电视里面，半智能化甚至少部分全智能化的家具，让曹正春看得目瞪口呆。一个赶时间的白领，他在回家的途中，通过遥控器，按了几个键面，等他回到家后，可口的饭菜自动做好了，并按照他的口味习惯，完美地呈现出来。

还有一位老总级别的人物，他在外地出差，家里来了多年老友，这位老总通过语音外加远程操控等，身在千里之外，招呼好了客人……

虽然这一系列东西，都是电视台有蓝本的进行艺术化的加工过的，但是，真正吸引人的，并不是这些狗血的故事，而是故事当中呈现出来的生活化的东西。试想一下，当过去五年或者十年，这种智能化的家具，完全推广到每个普通家庭生活的场景当中，这绝对是引领潮流的伟大创新！

曹正春直勾勾盯着电视节目，幽幽叹息了一声，他有些颓然，启开一瓶上了年份的白酒，倒了一杯，一口喝下去了，曹正春叹着气，抹了抹嘴巴，似乎在喃喃自语，又似乎在对着什么倾诉，说：“朱梦来啊朱梦来，你终究还是成功了，我承认，当初是我目光短浅了，唉！”曹正春叹息了一声，他现在突然很后悔，后悔当初为什么拼了命的和朱梦来对着干，后悔当初为什么不支持朱梦来的提案计划，甚至，后悔当初为什么放朱梦来离开？

这一切荣耀，本来应该是美华年轮家具公司的啊，但是，现在都晚了。

曹正春本来挺拔的背影，突然有些弯曲了，他整个人，像是瞬间老了十几岁一般，此刻的他，身上看不到所谓意气风发之类的成功人士风度，而只是一个普普通通，上了年岁的中年人，心里被失落和后悔填满了。

智能生产家具研发生产中心推广大获成功之后，朱梦来每天忙得脚不沾地，甚至连跟毛小钰煲电话粥的时间都无限压缩了，两人虽然在一个城市，但见面的次数，却是屈指可数，对于这点，朱梦来数次跟毛小钰表达了他的歉意，没办法，随着推展宣传大获成功，朱梦来一下子成了各大卫视的香饽饽，每天各种邀约不断，电视媒体找他，是为了提升收视率，而那些供货商或者家具公司找他，是为了得到生产权限，朱梦来每天几乎吃请不断。

虽然在研发智能家具的时候，朱梦来就感觉每天的时间不够用，他忙乱的几乎要晕头转向了，但那个时候，朱梦来心里有一股疯狂的韧劲支撑着他，现在这个愿望基本上达成了，朱梦来面对所谓的人情世故以及商场上面尔虞我诈的忙碌，反而有些吃不消了。

这不是朱梦来喜欢的生活方式，朱梦来在思索，该怎么解决如今面临的问题。

最后，朱梦来想到了一个排解万难的办法，还是那两个字，效仿，效仿老套的方式，公开招标竞标。

推出这个解决方案后，朱梦来知道，他面临的吃请邀约等状况，肯定会有一个井喷式的大喷发，朱梦来极其明智的关闭了他所有的联系方式，没有带女儿，只带着毛小钰，逃离深圳这座疯狂的城市。

一路上，毛小钰笑盈盈的很开心，时不时地看着朱梦来捂嘴偷笑两声，她脑海里一出现朱梦来那种如避蛇蝎的模样，就有些忍俊不禁。

第三十六章　春天来了

朱梦来与毛小钰的关系更进一步了，先是手牵手，然后顺理成章的达到了那种鱼水交欢的境界。真正得到了毛小钰的那一刻，朱梦来仿佛被毛小钰身上迸发出来的惊人魅力惊呆了，在这种正常男人根本不可能抵挡的无敌魅力之下，朱梦来彻底沦陷了，他一次又一次地疯狂索取，最后停歇下来的时候，朱梦来目光痴痴地看着毛小钰，说："我们结婚吧。"

毛小钰没有答应，也没有拒绝，只是略显调皮，带着一丝小女儿心态般的春心萌动，对着朱梦来眨了眨眼，于是，朱梦来懂了，也笑了。

虽然曹正春不愿意承认他输了，但是在疯狂的现实面前，曹正春必须承认，这一次，他确确实实输给了朱梦来，不仅仅是事业上面输给了朱梦来，就连生活上面他也输得近乎体无完肤了。

"曹总，跟我们美华年轮公司同一级别的家具公司，基本上都有参与竞标的打算，我们也该行动了啊，毕竟您和朱副总曾经是非常要好的朋友，您完全可以通过私人关系，让我们公司抢占先机啊。”公司里面，负责销售这一块的侯作文，他的神色急迫，如同热锅上的蚂蚁一般，显得焦躁不安。

曹正春叹了口气，朱梦来从公司辞职的时候，虽然他和朱梦来看似平和地进行了一场男人之间的对话，但是，他知道，如果朱梦来落魄了，他绝对会毫不犹豫地向朱梦来伸出援助的手掌，但是，两者情况反过来的时候，曹正春却是犹豫了，彷徨了，他这只求助的手，有种怎么都伸不出去的感觉。

还是那句话，朱梦来有傲气，曹正春同样有傲气，对于曹正春来说，让他开口跟朱梦来主动求助，简直比登天还难。

“曹总，不能再犹豫了啊，现在智能家具，就像一场十二级的剧烈风暴一样，席卷了整个市场，我们这些老式的家具厂，随时面临淘汰的风险，如果拿不到授权的话，我们美华年轮公司虽然上市了，但最终结果只有一个，您懂得！”侯作文看曹正春还是犹豫不决的，心里顿时更加着急了。

他主动跟曹正春出谋划策，说：“您和深圳市商会会长关系不是非常要好吗？据我所知，朱副总跟商会会长的关系也不错，要不，我们通过商会会长，从中间牵个线搭个桥？”

曹正春脸上神色动了动，随即颓然了，通过商会会长联系朱梦来，与他自己跟朱梦来主动开口相求又有什么区别呢？问题的关键点，还是他抹不下面子，开不了这个口啊……

在朱梦来和毛小钰外出旅游这段时间，深圳家具市场上，所有大大小小的生产家具的公司外联人员都要疯了，他们找朱梦来快找得疯了，但朱梦来就跟人间蒸发了似的，所有的通信手段，都联系不上。

电话，微信，微博，QQ，乃至有人甚至在网络上公开悬赏朱梦来的具体位置了，这种疯狂，从一个行业爆发，蔓延到整座城市。

朱梦来知道，这段时间肯定会有很多人在疯狂地找他，他和毛小钰制订了半个月游览风光的小计划，抛开一切世俗，管他外界风云如何涌动，我自陪爱人悠然自得，这是一种超脱的心态。他们登山，眺望一览众山小的壮阔奇景；他们看海，张开双臂，放声尖叫着奔涌向令人生畏的海洋；他们踏上沙丘，遥望一望无垠的沙海……这是一种放飞自我，这是一种超脱，这种无限贴近大自然的放松游览，让两个人被繁华都市压迫的心灵，都尽情地释放了出来。

十五天的游览期限结束，公开招标的日子也来临了，这一天，朱梦来和毛小钰低调的赶回了深圳市。

从大自然回归到热闹繁华的都市，这又是另一种截然不同的心境体验，朱梦来笑着跟毛小钰打趣了一句："我感觉自己要变成圣人了，到时候，你就不能叫毛医生了，应该叫圣母。"

毛小钰嘻嘻一笑，说："我可不愿意当圣母，圣母的下场都是悲催的，人文气息太淡了，我喜欢那种人文气息更加浓郁一点的生活，就像李清照那样，用简单的文字，表达生活当中的喜怒哀乐，简简单单，虽有愁绪，但不也是一种超脱吗？"

朱梦来笑了一声，张口吟道："冷冷清清，凄凄惨惨戚戚，乍暖还寒时候，最难将息，三杯两盏淡酒，怎敌他晚来风急，雁过也，正伤心，却是旧时相识，满地黄花堆积。"

顿了顿，朱梦来直接掠过那些哀苦的期盼愁绪，吟道："梧桐更兼细雨，到黄昏，点点滴滴，娘子，干杯！"

"哈哈哈！"毛小钰被朱梦来逗得捧腹大笑，妩媚的丢给朱梦来一个大白眼，笑着调侃朱梦来。说：“没少下功夫嘛。”

朱梦来嘿嘿一笑，说：“功夫自在人心，有心了，何时何地都是真心。小钰，这几天我们两个到处游历，亲近大自然，我的心绪发生了非常大的转变，等这件事儿忙完了，我想抛下所有的事情，带着你，带着茵茵，嗯，把她那个小男友也勉为其难的带上吧，我们到处走走看看，写点诗词歌赋，浏览名山大川，追寻典故，这样的生活岂不是美滋滋。钱，什么时候能赚够呢？更何况，这次公司大获成功，光是那些股份，就够我们吃上几辈子了。人生短，当得意时候须尽欢，你觉得怎么样？”

毛小钰眼神里透露出一股向往的神色，她点点头，说：“好是好，可是这样的话，我的工作，岂不是要完全抛开了？我还是很喜欢医生这份工作的，救死扶伤，虽然算不上多大的成就，但至少换的心安。”

“哎哟喂！酸，酸，酸死了！父皇母后，你们还知道回家啊，我是不是回来得有点早了，刚进门就听到你们酸不拉唧的咬文嚼字，这种对话太痛苦了，大家能不能正常一点啊？”朱茵茵听到两人的对话，酸得牙都发软了。

“小孩子家的懂什么，一边儿去。”看着突然出现的女儿，朱梦来心里头刚才冒出的想法顿时推翻了，外出游历，寻典访故，带什么女儿和未来的准女婿啊？这不是等于带两个拖油瓶外加大灯泡，胡闹，简直就是胡闹嘛！

公开竞标这一天，朱梦来西装革履，他有意地环视了一圈，没有看到曹正春，以及美华年轮公司的相关人员。

所谓竞标，跟那些常见独标不一样，与其说是竞标，其实说成公开授权更为恰当。当然，所有前来参加的公司，规模大小等等，都备案在册，他们想获取生产权限以及核心技术，都需要缴纳一定时限的费用。

散场后，朱梦来主动给曹正春打了一个电话。电话接通后，曹正春那边沉默着，朱梦来这边沉默着，最后，还是朱梦来主动开口说："一起出来喝一杯吧？"

"好！"曹正春点头说了一个字。

熟悉的酒吧，熟悉的地方，两个人你一杯我一杯交替喝着，只不过，曹正春喝的是酒，朱梦来喝的是饮料。

"你真的不喝一杯？"曹正春问朱梦来。

朱梦来开了句玩笑话，"准备要小孩，戒酒。"

曹正春瞪眼，没话说了。

朱梦来从公文包里拿出一份文件，递给曹正春，说："虽然明知道你不会跟我主动开口，但当我等了好几天，发现你确实没有跟我主动开口的意思后，我还是厚着脸皮主动给你送过来了。"

曹正春脸上的感激神色一闪而过，只是略显矫情地点点头，没有说话。

"正事儿谈完了，陪你喝一杯吧，喝完这杯酒，我要蜜月旅行了，曹正春，你这个王八蛋，躲在角落里羡慕老子的幸福生活吧！"朱梦来放声大笑。

曹正春给朱梦来竖起一根中指。

然后，两人散场，情谊不知如何，总归散去了。

毛明生看到朱梦来和毛小钰，他早就知道朱梦来心里抱的想法了，毛明生上来给了朱梦来一个大力的拥抱，笑着说："朱梦来……"刚说了一个字，朱梦来瞪起了眼睛，直接打断毛明生，面色严肃认真地说："叫姐夫！"

毛明生目瞪口呆，毛小钰脸上泛起红晕，朱茵茵偷偷痴笑。

好半天，毛明生不甘心又没办法的看看表姐毛小钰，又看看面色严肃的朱梦来，无奈地开口说：“老……姐夫，好好对我姐，让她受丁点委屈的话，你放在我这儿的百分之三十的原股，就跟你说拜拜了。”

“好了，知道了，没其他事儿的话，就滚蛋吧！”朱梦来摆起了姐夫的大架子，在小舅子面前，他这个姐夫当得很有派头。

最终，顺了朱梦来的意，女儿朱茵茵和准女婿，没有跟着他们一起旅行。

他和毛小钰带的行李很简单，两人一人带支笔，带个本子，然后朱梦来背了个笔记本电脑，加上毛小钰的包包，这就是他们的全部行李了。

两人约定，先行万里路，然后再全身心投入他们钟爱的文学，说白了，这东西跟吃货道理一个样，得有钱有时间，还得肯学习，关键是有钱和有时间。现在，朱梦来和毛小钰，最不缺的就是钱和时间。

朱梦来看眼远空生起的朝阳，拉着毛小钰的手，轻轻地说了一句：“我仿佛看到春天来了。”

毛小钰没有说话，脸上却泛起了明媚的光彩。

2019 年 9 月于深圳